晚安人面瘡

おやすみじんめんそう

白井智之 Tomoyuki Shirai

序章

「凶手——就是你。」

五道細長人影出現在半夜兩點半的教室中。

少年怔怔地站在原地，傻笑了幾聲，開口解釋：

「別亂說。我、我才不是凶手。」

「哪個殺人犯不是這麼說？」

膚色蒼白的男人滿不在乎地說著。

「我的手掌的確有燙傷。可是我只有右手燒爛，左手指紋還留著啊。」

「我剛才跟你借火點菸的時候順便確認過了，你的慣用手是右手。你轉門把、握凶器的時候也是用右手，沒錯吧？只要把左手插進口袋就不怕留下指紋。先不論你是怎麼行凶，三個人當中只有你符合這個推論。」

「這——」

「快點老實招來，你為什麼要殺死前同班同學？我的後輩遭到謀殺，跟這起事件又有何關聯？」

男子叼著香菸質問少年。

「不要亂講，我根本沒殺人。你們不會相信這種歪理吧？」

少年求救似地環視教室一圈。沒有人回應少年。三名中學生滿臉不知所措，只能默默移開視線。

「別鬧了。我再過一年就能離開這座城鎮。只要能離開這裡，我什麼都能忍，結果——我何必現在殺死同班同學？不要信口開河啊！」

「哈哈，進了監獄就不用回海晴。這不是正好？」

男人呼出煙霧，冷冷地回應。

「你夠了沒！」

少年的情緒終於爆發，他衝著男人大喊，用力毆打男人的肩膀。另一名少年急忙介入兩人之間。男人沒料到對方會發火，上半身不穩倒向後方，頭部撞上講桌桌角，整個人摔下椅子。一顆金屬零件掉到地上。

「你、你沒事吧？」

少女連忙跑到男人身邊。

男人睜著眼，臉朝上倒在地上。少女伸手推了推他的肩膀，男人卻一動也不動。鮮紅血液在木紋地板上緩緩擴散開來。動手的少年一臉惶恐地退了幾步，腳勾到椅子，一屁股摔倒在地。

「他可能死了。」

另一名少年尖著嗓子，緊張地說。

「……不會吧？」

「你看他都不動了。」

「人才不會這麼簡單就死掉。」

「可是你看。」

少年抬起男人的頭部。後腦勺皮膚綻裂，血紅色肉塊連著頭髮垂了下來。

「少騙人了。又不是蟑螂，怎麼會打一下就死掉——」

嘶啞的聲音彷彿被吸入夜幕之中，戛然而止。

1 加峰

加峰一打開三號房房門，就看到蟲子一面誦經，一面大力踐踏年輕按摩小姐的臉。

蟲子的側臉充滿興奮與喜悅，在燭火映照下顯得特別扭曲。按摩小姐被綁住手腳，嘴裡含著口球。肉瘤已經擠爛她原本的容貌，蟲子的皮鞋鞋跟更是直接陷進她的臉孔。按摩小姐臉上血流如注。

蟲子誦完經，淡淡勾起唇角，滿意地笑了。她用腳尖踩住按摩小姐的喉嚨，拿起燭臺上的蠟燭。

「第一顆。」

纖細的手指執起蠟燭，微微傾斜。融化的蠟液猶如蜘蛛絲，緩緩落在血肉模糊的臉孔上。按摩小姐豐滿的肉體猛地一震。兩片唇瓣有如毛蟲隱隱蠕動，但她的喉嚨被踩住，發不出聲音。蠟液從鼻梁流入左右眼窩，激起些許氣泡，隨即覆住眼鼻孔洞。人肉燒焦的臭味竄入鼻腔。淋滿白蠟的臉孔悶哼連連，過了十秒左右，她便安靜如死人。

「接下來，第二顆。」

蟲子面不改色地說。她把蠟燭放回燭臺，掀起按摩小姐身上的純白洋裝。

按摩小姐的腹部長著一張十公分左右的小小**臉孔**。肚臍附近並排兩道如刀傷般的細眼，下方是扁平的鼻子、泛黑的嘴唇，嘴裡長著歪七扭八的暴牙，左右邊留有耳孔，沒有耳廓。

「啊咪呀啊啊！」

燭火似乎驚醒臉孔，臉孔慘叫出聲。

蟲子欣喜地擦了擦額上的汗，手再次伸向燭臺，小心翼翼傾斜蠟燭。蠟液呈圓塊狀，直接落在腹部上，馬上裹住小臉孔的嘴巴，遮去慘叫。

「我說——這位客人。」

仁太是加峰的後輩，他語帶顫抖地喚了一聲。蟲子這才察覺兩人的目光，她將蠟燭放回燭臺上，回頭看去。

「看屁啊。」

蟲子沙啞地說道。

「不好意思，『摘瘤小姐』全店嚴禁火燭。」

「之前不是講好了？你們沒資格管我怎麼對待這女人。要抱怨就去叫你們經理出來。」

蟲子冷冷地瞪向兩人。仁太縮了縮肩膀，傻站在原地。

「火災警報器響了會妨礙到其他客人。」

加峰強硬地告誡。

「不干我的事，你們的店自己搞定。」

蟲子甩了甩手，轉過身去。按摩小姐仰躺在地上，蟲子抓住她的肩膀，把人翻到背面。洋裝裙襬內露出三張並排的小臉，看起來就像三隻牛蛙。

蟲子脫下按摩小姐的洋裝和內衣，低頭望著身下的裸體，淡淡一笑。她再次拿起蠟燭，將燭火舉向按摩小姐。背上的六顆腦瘤同時瞇起眼睛。

「萬一搞到店裡失火，妳賠得起？」

「少瞧不起人。又不是屁孩在玩火，誰會那麼蠢？」

「剛剛抖個不停的傢伙還有臉說？算了，店裡的員工會在這裡盯著，直到妳熄火為止。這也不願意的話就給我滾出去。」

「隨便你。」

蟲子不耐煩地應了聲，用指尖扯開按摩小姐腰上的眼瞼，把蠟精準滴進瞳孔上。腰部傳出模糊不清的哀號。

「這、這該怎麼辦？」仁太低聲問道。

「還能怎麼辦？錢都收了，事到如今管不了太多。你在這裡盯著，別讓她不小心點著床單。」

「咦？是我看著她喔。」

仁太扭了扭缺門牙的嘴，似乎是嫌麻煩。加峰瞪了仁太一眼，走出三號房。

這裡是宮城縣仙台市內的紅燈區，匡分町。「摘瘤小姐」位於匡分町外圍，是一間色情按摩店。加峰就在這間店裡工作。

「摘瘤小姐」的店鋪設在一棟住商混合大樓的七樓，位置稱不上便利，但是房價、服務項目經濟實惠，在匡分町內算是小有名氣。加峰在這裡工作了三年，而這三年內店裡的客人有增無減，可說是成功在業界占有一席之地。

「摘瘤小姐」的服務分為表裡兩種。表面上就如同店名，是由外型豐腴的女孩提供富含包容力的平價色情服務。換言之，就是俗稱的「肥女專門店」；檯面下——這部分其實占了店裡大部分收益——卻是一間「人渣」按摩店。店內雇用「長瘤」的按摩小姐，也就是患有人瘤病的女孩來服務客人。

「人瘤病」是一種怪病。患者會長出十公分大小的肉瘤，肉瘤外型類似人臉，因而得名。一名人瘤病患者身上平均會長出六、七顆肉瘤。長瘤的部位不只手腳、軀幹，甚至連臉上、私處都有可能生瘤。這些肉瘤的長相都相同，細長的眼睛、扁鼻子、參差不齊的牙齒，三者一應俱全，看起來就像長歪的牛蛙臉。

人瘤病在十六年前登陸日本，登陸後短時間內就爆發大規模傳染，患病人數多達二十萬人。病原體名為「三宅Ⅰ型・Ⅱ型病毒」，主要傳染途徑是黏膜感染，會透過唾液、汗水、血液等媒介傳播。病毒一侵入人體就會吸附在神經細胞上，經過兩週左右病毒活動力就會自然下降，所以普通人與已發病病人接觸不會有任何感染風險。加峰實際上每天接觸得病的按摩小姐，他的身體仍舊毫無病兆。

人瘤病病毒最主要的特徵在於：病毒絕不會使宿主腦死。大部分病毒會過度刺激宿主的免疫系統，嚴重者可能會引發過敏反應死亡。然而人瘤病病毒會盡可能維持宿主的生命。病毒使宿主全身長出複數腦瘤，即使宿主原本的大腦機能停止，仍可依賴腦瘤維持生命活動。再說從病毒的生態來看，病毒必須利用宿主細胞繁殖，會產生前述特徵也算是合理。

三宅Ⅰ型・Ⅱ型病毒侵入人體之後，會循著神經系統抵達腦部，吸附在神經細胞上頭開始複製細胞構造，再次擴散至全身。病毒移動到目標部位後轉化為神經幹細胞，完美重現複製到的神經細胞。病毒透過這些複製腦細胞擴散到全身上下，能在身體任何部位催生出腦瘤。因此，原本的大腦即使衰老死亡，腦瘤仍會繼續維持生命活動，體內的病毒也得以持續繁殖。

這些腦瘤生長在皮膚表面，視發育程度甚至會自己開口說話。不過腦瘤的氣管不會連結到肺部，頂多只能從鼻子吸入空氣，再由嘴巴吐出後發聲。每顆腦瘤能運作的肌肉有限，假設腦瘤生長在肩膀上，該腦瘤就只能驅使手臂。

而俗稱的「人渣按摩店」，主要由患了怪病的女人提供色情服務。所謂的「人渣」，是從「**人**類的殘**渣**」取頭尾創造出來的歧視用語，專指人瘤病患者。幾年前這還只是部分年輕族群的網路流行用語，如今不分男女老少都廣泛使用這個名詞。

據說十餘年前，人瘤病疫情趨緩，人渣按摩店便如雨後春筍般出現在全國各地。這種風氣自然觸犯大眾的道德良知，部分輿論痛斥人渣按摩店現象。相對的，卻有許多父母親手賣掉這些長滿肉瘤的孩子。「摘瘤小姐」誕生於這波風潮，撐過警方取締、同類產業激烈競爭，至今足足營業了十一年。

「與其花三萬元和美女打一炮，不如花三千元跟人渣女人來上十回合。這種客人多到滿街跑。」

「摘瘤小姐」的經理波波總是得意洋洋地說。如他所言，人渣按摩店的優點就是「便宜」。實際價格只有普通按摩店的一半，有些超低價按摩店甚至只用一個硬幣就能玩上一回。但便宜歸便宜，大多數人瘤病患者的智力只有嬰兒程度，無法像普通按摩店的小姐一樣服務嫖客。服務單價又低，收入可想而知。

不過世界上性癖百百種，就是有少數人特別偏好人渣女人。這些嫖客大多渴求極為病態的性行為，也只有人渣按摩小姐有辦法達成這些要求，像是「同時接吻跟口交」、「把陰莖插進大腿裡」、「六個兄弟一起射在一個女人的嘴裡」。於是人渣按摩店通常附設在一般服務之外，專為少數口味「獨特」的嫖客提供高價特殊服務。

蟲子也是特殊性癖愛好者之一。

「給我一個人渣女人讓我隨便玩。要多少錢都沒問題。」

蟲子曾經光顧「摘瘤小姐」，她這次的要求和以前一模一樣。

加峰三年前第一次見到蟲子，當時的他只是個剛到職的實習生。蟲子那時頂著一頭舊抹布似的雜亂長髮，肩膀偏寬，五官深邃——用一句話形容，她長得很像男人。蟲子脫掉衣服之前簡直像是四十歲左右的老頭。加峰記得自己那時查看監視器，赫然發現她的雙腿間沒有陰莖，一個人嚇得半死。順帶一提，蟲子的下體剃光了毛，和小女孩一樣光溜溜。

一個女人大剌剌走進男用色情按摩店已經有夠詭異，她的喜好更是超乎常人。蟲子那天付了一筆高額房費，進到房裡，馬上拿起毛蟲餵食自己買下的人瘤病女子。她把毛蟲一個一個塞進九顆腦瘤的嘴裡，並且一邊念經一邊瘋狂自慰。加峰隔著監視器見到蟲子的笑容，那模樣在腦中久久揮之不去，害他回公寓途中忍不住吐了兩次。加峰用這天的毛蟲擅自為那個女人取了綽號，叫做「蟲子」。

簡單說，蟲子是懷有異常性癖的虐待狂。虐待健全的人已經無法滿足她，於是她轉移目標，選擇同時凌虐人瘤病患者身上的許多腦瘤來獲得性快感。對蟲子來說，聆聽無數腦瘤齊聲哭喊可說是最棒的享受。

蟲子在半年後又光顧一次「摘瘤小姐」，之後大約兩年半不見人影。現在的她似乎胖了一些，性癖倒是一點也沒變。看她進房後的舉動就明白了。

仁太是剛到職半年的後輩。加峰讓仁太留在三號房看守，他一回到辦公室，就見到店經理波波脫掉褲子站在鏡子前面。

「你在做什麼？」

「蛋蛋有點癢，我在試藥。有一種治頭痛、生理痛的止痛藥，叫做『羅苅靈』，大家都說很有效，結果我吃了根本沒屁用。倒是『塗若療』這種痔瘡藥膏還不錯，你要試試嗎？」

「免了。」

加峰回了一句，拉過菸灰缸，點燃駱駝牌香菸。

波波已經年過三十，身高卻和成長期未到的中學生差不多。他得了一種叫做「班多病」的甲狀腺疾病，吃再多都不會胖，還會讓他手抖、心悸，不過他自己不太在意這些症狀。

「我剛剛抹了一下，感覺挺不錯的。真舒服啊。」

波波不斷玩弄陰莖，跟初精出現前的小男孩沒兩樣。但是人不可貌相，波波在經商方面小有成就。加峰三年前曾經問過波波的職業，波波白天是在證券公司擔任管理顧問，平日只有晚上才來顧店，卻能讓「摘瘤小姐」成為首屈一指的人氣按摩店，可見他的經營手腕確實有一套。

「啊，你有跟客人說店裡不能玩火嗎？」

波波瞥了桌上的監視螢幕一眼，問道。螢幕上的三號房仍然滿是煙霧，隱約看得見蟲子拿著蠟燭施虐。

「我勸過了，但那傢伙堅持店員不能干涉她玩樂。我沒轍，只能放仁太在那裡盯著她。」

「唉，她付的錢也夠多，沒辦法。下次收錢之前要記得告訴客人不能玩煙火或蠟燭喔。」

「知道了。」

加峰吐出煙霧，點了點頭。波波站在鏡子前方觀察沾滿軟膏的睪丸，此時忽然望向監視螢幕，仔細凝視畫面。

「那個人是不是胖了？」

「我也覺得。她連羽絨大衣都沒脫，是在意自己的身材嗎？」

「不是，她應該是月經來了才沒脫衣服。」

加峰聽見身後有人說話，回過頭去。只見仁太打開通往客房的大門，站在門邊，氣喘吁吁，還捂著口鼻。

「缺牙的蠢蛋，我不是叫你在那邊盯著，跑回來幹什麼？」

加峰怒吼道。仁太嚇得縮了縮肩膀，一臉為難。

「我有氣喘，吸到煙會咳個不停。萬一讓小鈴聽到我咳嗽就麻煩了。」

仁太走進辦公室，打開儲物櫃拿出遮咳口罩。

人瘤病患者有一種廣為人知的特徵，他們聽見他人咳嗽就會開始發狂，俗稱「咳嗽反應」。不論患者平時多麼溫和、老實，一聽見咳嗽聲就會開始吐痰、吐血，還會像嬰兒一樣瘋狂哭喊。病患的大腦平時還可以壓抑腦瘤，然而只要咳嗽反應一發作，腦瘤就會搶走身體的掌控權。加峰曾在仙台車站前的天空步道上，親眼目睹人瘤病患者一邊發出怪聲一邊攻擊路人。

「摘瘤小姐」店裡有許多人渣女人，一個店員輕輕一咳就可能會引發大混亂。小鈴是按摩小姐的花名，她正待在三號房任蟲子玩弄。

仁太戴上遮咳口罩。這副口罩乍看之下只是一層薄薄的不織布口罩，卻能遮去大部分咳嗽聲，非常實用。

「你該不會迷上小鈴了？」

加峰隨口開了玩笑，仁太嚴肅地搖搖頭。

「我不會對店裡的女孩有非分之想啦。」

「是嗎？真無聊。」

小鈴和仁太同年，都是十八歲。波波經由掮客介紹買下小鈴的時候，小鈴已經懷孕三個月，波波還自掏腰包帶小鈴去動墮胎手術。小鈴是岡山縣倉敷市人，她恐怕沒料到，自己居然大老遠從南方被賣到東北，還讓一個女變態滴了滿身蠟。

「好了，我現在就回去三號房。」

仁太鞠了個躬，急忙走出辦公室。

目光轉回屋內。波波一臉疑惑，盯著螢幕中全身包緊羽絨大衣的蟲子。

「月經？」

幾名熟客接連走進店裡。加峰先帶客人前往等待室，確認按摩小姐的狀況，再按照順序將客人分配到各個客房。

加峰回到辦公室打算抽根菸，結果他一進房就見到波波在地板上打滾。

「你又怎麼了？」

「蛋蛋腫起來了。痛、好痛！」

只見波波的睪丸腫了起來，紅得像嬰兒的臉頰。

「你要不要塗看看『塗若療』？」

「別啊！痛死我了！」

波波痛得瞪大眼，放聲哀號。加峰看了看桌底，一條白膠軟管掉在桌子下方。

「你的嗓門還真大。」

「我大概是用蛋蛋發聲……」

波波上氣不接下氣地說。

加峰望向桌上的監視螢幕，赫然發現三號房的影像斷訊了。煙霧導致攝影機故障？還是蟲子發現天花板的鏡頭，把攝影機鏡頭遮起來？加峰心中閃過不祥預感。

波波摀著下體痛昏過去。加峰瞥了波波一眼，打開通往客房的門。門外傳來煙臭味以及燒柴火似的聲響。他心跳一陣加速。

加峰奔出辦公室，穿過走廊前往三號房。半路上，他跟一名男嫖客擦身而過，男嫖客大喊著什麼，他卻充耳不聞。

三號房房門半開，黑煙貼著天花板從門縫洩出來。看來應該是蟲子失手點著床單。

「仁太，你在不在裡面？」

加峰一打開門，煙霧如雪崩般瞬間裹住他。幾何圖案的裝潢歪七扭八。他全身熱得像是燒焦似的。「咪呀咪呀！」房裡腦瘤的哭喊此起彼落。

加峰急忙關上門，跑向櫃檯另一側的走廊，推開逃生梯的不鏽鋼門。他記得半年前消防署人員到府檢查的時候，曾經說過滅火器擺在逃生梯附近。

「啊、加峰大哥！」

仁太臉色蒼白站在樓梯轉角處。看來他和加峰想到同一件事。

「愣在那裡幹什麼，快找滅火器！」

加峰強忍狠踢仁太屁股的衝動，奔下樓梯。樓梯轉角堆滿塑膠袋，袋子散發陣陣腐臭，幾乎占據整個轉角。這是向匡分町的臺灣料理店買來的廚餘，是女人渣的飼料。加峰循著半年前的記憶，在堆積如山的塑膠袋堆裡拚命翻找，花了五分鐘才終於找到滅火器。

他抱著鋼瓶回到客房走廊，三號房的大門燒得傾斜扭曲，門縫不斷竄出濃煙。普通按摩小姐從別間客房探出頭來，指著衝向天花板的火舌放聲尖叫。

加峰快步走向三號房，拔掉滅火器的插梢，壓下握柄，將噴嘴對準火舌，噴灑滅火劑。幾名客人爭先恐後往加峰身後逃去。

「────」

然而滅火器才噴了數十秒就停住了，似乎是滅火劑堵住噴管。加峰雙手猛壓握把，還是只噴出空氣。火焰彷彿在嘲笑焦急的加峰，燒得越來越旺。周遭的慘叫、噪音像是從另一個世界傳出來的。

「加峰、仁太，別撐了！」

加峰回過頭，發現是波波抓住自己的肩膀。他的陰莖還裸露在外，腰間緊抱著手提金庫。

「小鈴還在裡面啊！」

「是客人擅自把蠟燭帶進店裡。我們已經盡到警告義務，責任應該不會算在我們頭上。快逃吧！」

波波說著，拉過加峰的手臂。波波根本不打算救小鈴。但自己繼續在三號房死撐，終究是無計可施。

加峰把滅火器扔向腳邊，頭也不回地奔向走廊另一端。

加峰一行人被請到宮城縣警局總局，從火災當天晚上九點接受偵訊，直到隔天凌晨五點才終於告一段落。加峰實在沒力氣繼續跟人說話，他不叫計程車，直接沿著早晨的街道走回公寓。

加峰把沾滿煤灰的西裝扔進洗衣機，趴倒在床鋪上。他一閉上眼，腦中隨即浮現旺盛鮮紅的火焰。更慘的是家裡的罐裝啤酒已經喝個精光，他沒辦法用酒精澆熄腦中的記憶。

負責偵訊加峰的是一名臉長得像隆頭魚的刑警。根據刑警說法，加峰、仁太不太可能背上刑事責任。現場鑑識結果顯示，加峰等人已經盡力嘗試滅火。店家協助疏散不力可能會追究業務過失，但這部分是由大樓或店舖負責人承擔，一般員工不需要負責。

加峰裹起毛毯蜷縮身子。雖說警方的訊問不痛不癢，持續整整一晚還是會讓人鬱悶。刑警質問加峰長達八個小時，他躲進漆黑之中，那問句仍然揮之不去。

——你就實話實說，真的有客人待在三號房裡嗎？

刑警不斷逼問加峰同一件事。加峰知道警方在懷疑某些事，卻不懂這麼問有什麼用意。蟲子和小鈴確實待在三號房玩滴蠟，否則三號房怎麼會失火？波波、仁太應該也提出相同證詞。加峰覺得詭異，但他只能不斷覆誦相同答案。

加峰腦袋一片模糊，再繼續思考也無濟於事。他像嬰兒一樣縮起身體，翻了個身，緊接著：

「加峰大哥，你還好嗎？是我，開門讓我進去。」

他忽然聽見敲門聲。

加峰嘆了口氣，爬出被窩，轉開圓柱鎖。他打開房門，只見仁太站在門外，一隻手還抓著體育報紙。

「你連自己家在哪都忘了？你家在八木丘，是一間空曠的破屋子。」

「別這麼冷淡啦。加峰先生，你看報紙了沒？」

仁太擅自走進屋子，在桌上攤開報紙。

「你死活不讓別人進自己房間，倒是挺有膽闖別人家裡。」

「現在沒空說廢話啦。那些警察大叔死也不告訴我發生什麼事，我只好去便利商店買報紙看。結果我一看地方新聞嚇了一大跳。

——起火點的房間裡找到疑似員工的女性遺體。遺體損傷嚴重，警方緊急以ＤＮＡ鑑定確認女子身分。另外據推測，一名四十多歲女客人可能涉有重嫌，警方將繼續追查該名女子下落。」

「嗄?那醜女不是掛了?」

加峰擠開仁太,仔細讀起報紙。

報導指出,匡分町二丁目的住商混合大樓發生火警,消防隊接獲通報後在四十分鐘內,也就是晚間六點二十五分撲滅火源。火警發生後隨即有人通報,火勢並未延燒隔壁大樓,不過在燒毀的火場發現一名女員工遺體。目擊者指出,起火點之客房還存在另一名女性客人,但現場並未發現其遺體,警方正在嚴密偵辦中。

「女員工是小鈴,那蟲子跑去哪了?」

「蟲子?」仁太一臉問號。

「就是三號房那個混帳女變態。三號房失火的時候,你還待在裡面吧?」

「是啊,我親眼看到房間失火。」仁太摸了摸嘴唇,答道:「客人原本把小鈴綁起來滴蠟,沒想到小鈴突然坐起來。客人一個不穩,蠟燭脫了手,不小心燒到地毯。我原本拿床單蓋住,結果根本滅不了火,只好趕快跑去拿滅火器。」

「蟲子當時在做什麼?」

「她還留在房間裡。她看小鈴著火,表情超開心的,搞不好根本沒想到要逃跑。」

原來如此,果然是個死變態。加峰雙手抱胸思考。

仁太在房裡監視的期間,蟲子並不打算逃跑,但是現場又找不到她的屍體,那她很可能是趁仁太跑去拿滅火器的時候逃出三號房。但是那女人走出火勢旺盛的房間之後，有辦法趁亂避人耳目，悄悄逃離現場？

「我原本以為那個客人只是腦子不太正常，實際上搞不好更可怕咧。」

仁太抖著腳，說了句莫名其妙的發言。

「什麼更可怕？」

「警察或許早就找到她的屍體，只是故意隱瞞這件事。她的真實身分該不會是政治人物的女兒或國際恐怖分子，不、說不定是鬼啊。」

「說什麼蠢話，真的存在熱愛ＳＭ的國際恐怖分子或鬼怪，還得了啊。」

人不可能像煙霧一樣莫名消失，蟲子應該還躲在這座城鎮的某一角。雖說仁太搞錯害怕的重點，但該小心還是得小心。

——咪呀咪呀。

腦瘤的哭喊忽然在耳腔內隱隱迴盪。

2 加峰

迂遠寺通上的喧鬧令加峰皺起眉頭，他轉進大樓間的小巷弄。

十二月舉辦了聖誕燈光秀。路旁的櫸樹平時高雅地伸展枝葉，現在枝頭卻掛上大量絢爛奪目的燈飾，實在令人不敢恭維。一對對大學生模樣的年輕男女在街道上漫步，他們像是遵守服務業的待客禮儀，人人臉上都裝出標準笑容。

加峰遠離路上的吵鬧，鬆了口氣，縮起身體抵擋十二月的寒風，繼續前進。他看到一副裝著黑板的畫架，黑板寫著「惡阻屋」。加峰拿出手機確認時間，轉開黃銅門把。

「啊、辛苦了。」

吧檯前的仁太馬上起身鞠躬。仁太一年前還理著大平頭，現在他卻像是留了一頭鴻喜菇。身後的衣架掛著一件看似高價的卡其色風衣。

「你的髮型還真猥褻。那樣看得到前面才有鬼。」

「別一見面就這麼說話，我看得到啦。」

「哇、門牙也復活了。」

「我去做了植牙。請你別再揍掉我的牙了，這顆很貴。」

仁太靦腆一笑。波波坐在仁太身旁，單手拿著酒杯，嘴裡還打呼，似乎早就喝得醉醺醺。他的體型跟中學生差不多，桌子、椅子反而顯得特別大號。

三坪大的小店舖裡沒有其他客人，一名東南亞外貌的五十幾歲男人坐在廚房裡，滿臉通紅地喝著燒酎。

「加峰大哥，店裡隔了一年終於再度開業了呢。恭喜你。」

仁太等加峰坐上吧檯椅，開心地道賀。

「又不是我開的店。」

加峰說著，斜眼看向一旁睡到流口水的矮小男人。

「別害羞啦。一年不見，我很高興能再和加峰大哥一起工作。」

「你倒是變成熟了，連客套話都說得這麼溜。喂、老闆，拿啤酒來。」

加峰衝著廚房大喊。男店員不耐煩地站起身，從架上拿出陌生品牌的瓶裝啤酒，在吧檯上一字排開。

十二月中旬的某個星期一，波波經營的人渣按摩店閉店一年後再次開張，店名改為「摘瘤小妹」，店址搬到住商混合大樓的地下一樓。雖然改了店名，但店裡的員工都是熟面孔。

據波波所說，「摘瘤小姐」的營業許可證在一年前的火災之後遭到撤銷。波波其實可以改變店名和業態之後重新申請許可，但是他選擇自主停業。這次火災有按摩小姐死在店裡，與其急著重新營業，不如想辦法保護「摘瘤」這塊延續十一年的招牌。

火災後之後整整一年，加峰四處做清潔工、建築工人，兼差糊口。加峰的妹妹菜緒住在療養院，她的生活費一口氣耗掉加峰工作三年的存款，但生活還算過得去。若不是加峰早知道一年後就能回波波店裡工作，他還真不知道該如何忍過這段孤寂。

「對了，我有件事想和波波經理商量。」

仁太一邊說，一邊為加峰倒啤酒。這啤酒似乎是進口貨，喝起來感覺要冰不冰，味道簡直像是湧上喉嚨的胃酸。

「你現在是要趕我走？」

「不是啦，我是想請加峰大哥代替波波經理聽我說。我之前不是說過我老家在海晴市壘地區嗎？其實我還有個哥哥，他在壘地區的派出所工作。」

仁太嚴肅地開始說明。加峰也很熟悉壘地區。壘地區就是十七年前，日本國內率先爆發人瘤病傳染的地區，是一座靠海的城鎮。

「我哥不知道是不是看太多連續劇，原本想當法醫。不過那傢伙腦袋不夠聰明，最後成了鄉下小警察。他個性超級古板，很討厭。我從以前就跟他合不來，在我離開老家之前就不常來往了。結果我哥不知道從哪聽到消息，發現我在仙台的人渣按摩店工作。上週末他忽然打電話來。真不知道他從哪查到我的電話。」

「他打來叫你別幹八大行業？」

「我原本以為是，結果正好相反。哥哥他拜託我買走一個女人渣。」

加峰正要將酒杯舉到嘴邊，一聽見仁太的話，手突然僵住。日本的治安真是差到極點，堂堂警察居然叫家人買賣人口。

「我看這世界要完蛋了。那女人是你親戚？」

「不是，她跟我家沒關係。我問了原因，我哥不肯說。不過我大概猜得到為什麼。」

「為什麼？」

「加峰大哥猜不到嗎？海晴市十年前宣稱，已經全數撲滅市內的人瘤病病毒。醫療院所雖然還塞了一大堆病患，最近十年完全沒出現新的病人。我哥想賣的那個女人，在海晴市可是不能說的祕密。」

原來是這麼回事。據說海晴市十七年前爆發感染之後人口驟減。過去的醜事好不容易漸漸淡去，假如又有人染病，海晴市當然想抹除這個汙點。

「快拒絕。隨便插手麻煩事，準沒好下場。」

「那女人很年輕嗎？」

波波忽然緩緩抬起頭。臉上還沾著乾掉的口水漬。

「波波經理，你、你的眼球變大了。」

仁太誇張地向後退。

「果然變大啦？聽說這也是班多病的症狀。明年搞不好會變得跟貝蒂娃娃一樣大喔。」

「那到底是什麼病啊？」

「我也不知道，搞不好是坂東先生發現的病喔。不說這個，那女孩幾歲？」

「噢、很年輕喔。才十九歲，跟我同年。」

「跟你同學年啊，你看過她？」

「我沒上過學啦。」

仁太搖了搖頭。

「叫什麼名字？」

「我記得是叫羽琉子。」

「長了幾顆瘤？」

「我哥沒告訴我，不過似乎比一般病人多。」

「長相呢？漂亮嗎？」

「聽說原本長得挺可愛的。但是她後來連臉上都長了腦瘤，把臉擠得亂七八糟。跟小鈴一樣。」

「那很適合下海呢。他想賣多少？」

「他說隨我們開。」

「真的？那決定了，我們家就買下羽琉子妹妹了。」

波波開心地說完，隨手從吧檯上的袋裝牛肉乾剝了一塊，扔進嘴裡。

「啊、我哥還提了個奇怪的條件。」

仁太舉起食指說道。

「奇怪的條件？」

「他叫我一個人去海晴市簽約。我想說區區一個員工怎麼可能一個人去簽約，就拒絕了。然後他就說有人要跟無所謂，但是要我事前把自己的照片寄給他。」

「你老哥大概忘了你長什麼樣了。」

「他特地找我做生意，怎麼會不記得我的長相？」

「誰知道你們兄弟之間有什麼問題？倒是波波，這麼輕易答應交易沒問題嗎？感覺政治味很重。」

「應該沒關係。我們也握著對方的把柄，就當做賣對方一個人情囉。」

波波樂觀地回答。波波好歹也是個精明人，他應該衡量過和警察交易的危險性，覺得划算才決定買下羽琉子。

事實上，「摘瘤小妹」現在很缺能接客的按摩小姐。除了小鈴一年前死在火災裡，店內的前二號紅牌四葉得了蕁麻疹，全身紅腫，還沒辦法見客；玉子有許多熟客指名，但是她整整一年運動不足導致肌肉衰退，幾乎站不起身。「摘瘤小妹」早就和以前的人氣名店大不相同了。

以往買賣人瘤病患者會透過簽約的掮客介紹。宮城縣內也有幾位手腕高明的掮客，專門幫想出賣人瘤病患者的家庭接洽色情按摩店。不過最近幾年人瘤病疫情趨緩，新人人渣按摩小姐年年減少。再加上一年前的火災，「摘瘤小妹」已經好一陣子補不到人了。

「什麼時候能讓她接客？」

「我算算，這週內能帶她來店裡的話，下星期應該來得及。」

「好耶。那加峰跟仁太，你們兩個星期五就去簽約。記得讓代理人在契約上蓋章呀。」

波波欣喜地說。加峰讓瓶裝啤酒流進喉嚨，搖搖晃晃地仰頭倒去。

半夜兩點過後，一行人在店員的咋舌催促下走出惡阻屋，三小時前的喧囂早已不翼而飛。一名醉漢腳步踉蹌，一邊碎碎念一邊走在柏油路上。拱廊下有一名黑衣男人百般無聊地擺弄手機。

兩人強行將爛醉的波波拉出店外，波波在酒吧的屋簷下猛然抬起頭，這麼說道。

「加峰、仁太，我忘記跟你們說一件重要的事了。」

「什麼事啊？」

「之前我看了某部電影，忽然間靈光一閃。不管是清純女大生、企圖升官的精明粉領族還是全身閃亮亮的酒店小姐，所有人的兩腿之間都長毛啊。你看那傢伙、那傢伙、還有那傢伙，大家下面都有長毛。全人類下體都有毛，都是好夥伴。下面的毛，搖啊搖。」

「波波，那部電影——」

「仔細聽啊，這件事很重要。我幹了管理顧問十年，真要我說，買賣的訣竅其實很單純。就是輕鬆取得搶手貨，然後賣掉，就這樣。客人想吃鮪魚，我們不仰賴批發商，直接拿著魚餌去太平洋裡釣魚最快。我想到這裡就發現，這座城市不就是陰毛的太平洋嗎？看啊，下面的毛正在到處游泳，真美好！嘔噁……」

波波朝一旁的灌木叢大吐特吐。

「喂，你們忘了東西。」

惡阻屋的店門忽然打開，店員從門裡探出頭。他冷漠地將手套遞到仁太眼前。

「啊，我的連指手套，謝謝。」

仁太正要低頭道謝，店員早已已經不見蹤影。

「那像成語的東西是啥？」

「你說連指手套？這種手套只有大拇指分開，其他指頭的部分都連在一起，像這樣。」

「你怎麼變得跟服裝店店員一個樣？才過一年，變化可真大。」

「也沒變這麼多啦。」

仁太靦腆地笑了笑。鴻喜菇般的頭髮隨風搖曳。

加峰和仁太決定合力將波波搬回辦公室。他們把波波的雙手繞過各自的肩上，拖著波波走過商店街拱廊。

「——奇怪？」

仁太緩緩停下腳步，加峰差點往前摔。仁太直視數十公尺外的人潮，一臉疑惑。

「你幹什麼？」

「抱歉，剛才我好像在那邊看到那個女的。」

「那個女的？」

「就是加峰先生說的『蟲子』。之前從火災現場憑空消失的那個女人。」

一陣寒意從腹部竄上身。

加峰不禁凝視路燈下的人潮。破抹布般的亂髮、含糊不清的念經聲早已烙印在加峰的腦海裡。吵雜的噪音瞬間消音。

「是你看錯了吧？」

「也是。」

仁太的表情似乎無法釋懷，仍悄聲吐出一口氣。

一年前，蟲子從「摘瘤小姐」的三號房失蹤之後，從此銷聲匿跡。警方雖然將蟲子列為重要證人，持續追查蟲子的下落，卻完全查不到目擊證詞。之後再也沒人知道蟲子的下落。

「醉意突然飛走了。加峰大哥要再喝一攤嗎？」

「我的錢包已經空空如也，饒了我吧。」

「那等發薪日再去喝一杯吧。」

兩人把波波帶回辦公室，讓他矮小的身軀躺上沙發，便在大樓前分開了。仁太打算走路回去八木丘。加峰則是在逃生梯下方抽了根菸，跨上舊機車騎上國道四號。

加峰騎著機車，臉頰頂著冰冷寒風，腦中一片空白。他通過赤子橋，沿著比呂瀨川騎了十分鐘左右。他忽然覺得口很渴，可能是酒喝太多。腦袋也還沒完全擺脫醉意，雙手的感覺有些遲鈍。

便利商店的燈光彷彿在吸引加峰，他騎進停車場熄火。這裡離加峰的目的地還有段距離，但是再不醒酒可能會引發車禍。加峰看了看公園的時鐘，時間剛過半夜兩點半。

他拿下安全帽穿過停車場，接著便看到垃圾桶前方，有一群年輕男女正在糾纏一名中年男人。中年人外表看似上班族，年紀目測大概超過四十歲，臉長得像缺牙的鮟鱇魚，毫無生氣。只見中年人向一名看似反派摔角選手的年輕男人頻頻低頭。

「……請放過我吧。我根本付不出那麼大筆錢啊。」

「那你就去借啊，愛買春的老不修。你以為是自己託誰的福才不用蹲窯子？」

「就是說嘛，感覺真沒誠意。」

「求你行行好，我還得花錢治療我兒子啊。」

「哈哈哈，你不如先幫自己的蛋蛋開刀吧！」

某處傳來一聲悶響，中年男子的求饒頓時轉為呻吟。加峰小心不和那群人對上眼，低著頭走進便利商店。

暖氣溫和地裹住身體，令人放鬆。加峰站著看了一陣子雜誌，休息一下，買了瓶礦泉水後走出便利商店。

「——仔細想想就明白了吧。你進了監獄，還有誰能幫你照顧全身長瘤的兒子?」

中年人還蹲在垃圾桶前面。皺巴巴的臉孔流下一滴又一滴的水滴。現在仔細一瞧，男人的下體異常脹大，褲子裡像是藏了一顆保齡球。

加峰回想起來，他一個月前曾經在週刊雜誌上讀過一篇報導。某個經常上綜藝節目的女醫生兼藝人提到，人瘤病患者從頭到腳，身體的任何一處都可能長出腦瘤。不過長在生殖器上的腦瘤最讓患者困擾。男性的睪丸、女性的子宮一但長出腦瘤，腦瘤會攝取生殖細胞，膨脹到普通人的三倍到十倍大小。

加峰站在原地，直盯著中年人的胯下。

「拜託你住手，艾維斯先生。求求你了……」

「不要碰人家!噁心死了!」

「你個老罪犯，快點把密碼告訴我!」

「夠了沒啊?」

自己怎麼會插嘴?加峰其實也不清楚。

三人同時震驚地望向加峰。自己應該也是相同表情。那名叫做艾維斯的年輕男人刻意大聲咂了咂嘴，盛氣凌人地靠近加峰。

「這位老兄，你倒是挺有膽的。是這個買女人的老禿子求我們不要報警，我們才勉強讓他付點錢了事啊。」

「你們明明在勒索。我剛剛報了警，警察馬上就到了。」

「啊？」

「順帶一提，我錄下剛才的對話了。你們根本沒有證據證明大叔買春。我倒是有你們勒索大叔的證據，就在這裡。」

加峰從口袋取出手機，馬上又放回原位。艾維斯等人似乎被加峰唬住，咬牙切齒地死瞪著他。

「想要我刪掉錄音？那就快滾。」

「……混蛋，遲早幹掉你。」

艾維斯嘀咕一句，接著飛也似地逃向廂型車。女人急忙追了上去。汽車慌忙地駛離現場，滿臉是血的男人孤伶伶地站在原地。他的下體果然脹了一大包。

現在開口安慰那名中年男子，反而像是在討人情。加峰看了公園的時鐘，時針早已轉過三點。他喝口礦泉水潤潤喉，跨上機車，戴上安全帽離開便利商店。

加峰維持接近腳踏車的車速，徐徐騎進寧靜的住宅區。林立的公寓之間出現一道褪了色的粉桃色外牆。他終於抵達目的地。

加峰把機車停在空無一人的停車場角落，走向大門口。門口掛有門牌，上頭寫著

「Heartful 永町」。這棟建築外表像是三層樓公寓，但是牆上的每一扇窗戶都罩著冰冷又蒼白的窗簾，十分乏味。消毒水的氣味隨風竄入鼻腔。

「Heartful 永町」是專門收留人瘤病患者的照護機構。裡頭大約住了四十名病患。這棟三層樓建築原本是一棟自費養老院，後來改裝為醫療機構。院內有十名左右的看護輪流照顧病人。

不過這些看護並非通過日本國家考試的介護福祉士，只是營運公司雇用的兼職人員。他們不會像一般養老院那樣照顧、輔助病人生活，頂多只能準備餐點、為病人洗洗澡。加峰曾經從行政人員口中聽說，即使這類設施服務再怎麼差，還是有多達兩百人排隊等著入院。人瘤病病毒疫情趨緩已久，日本社會的基礎設施卻仍未追上人民的需求。

加峰在大門前的液晶螢幕輸入密碼，大門發出「喀嚓」一聲，應聲開啟。他換上拖鞋，走進昏暗的走廊。一名年輕男人坐在辦公室裡，鼻子扣著看似鼻屎的鼻環。他睡眼惺忪朝加峰點頭示意。加峰做出「你好」的嘴型，搭上電梯。

像鳥籠一樣的小電梯緩緩上升，同時發出詭異的摩擦聲響。加峰抬起頭，目標樓層的按鈕旁貼了一張廉價宣傳單。

「Heartful 永町旗下看護經驗豐富，誠心誠意為您服務。」

加峰不禁苦笑。需要入院的惡性人瘤病患者多半沒了意識，根本分不出看護有沒有誠意。這些廉價宣傳標語應該是寫給那些支付月費的家屬看。

加峰在三樓出了電梯，沿著矮天花板的走廊前進。他來到三〇七號房前方，從口袋取出鑰匙打開房門。墨水般的漆黑籠罩整片視野。

仔細聆聽，可以聽見數道鼾聲此起彼落。加峰在黑暗中摸索、拉開了窗簾，朦朧的月光灑落在病床上，映出女人身影。女人仰躺在床上，靜靜沉睡。空氣中的塵埃隱隱閃爍光芒。

「菜緒，我來看妳了。」

加峰將臉靠在女人耳邊，悄聲說道。院方似乎沒有幫她洗頭，一股腐味直衝鼻腔，聞起來就像老人的口臭。

女人身上的病袍類似照胃鏡時的檢查服。她睡得非常熟，完全沒翻身。女人的手腕套著一條橡皮手環，手環掛著金屬掛牌，掛牌刻著「307」的字樣。鼾聲不只從女人臉部傳出，她全身上下都聽得見呼吸聲。這是因為女人從臉到腳總共長了十一顆腦瘤。

加峰讓菜緒住進「Heartful 永町」，今年已經是第五年。這間病房原本是加峰的房東準備讓自己的弟媳入住，結果弟媳在入院前四天汽車車禍去世，空出來的病房就讓給菜緒。在那之後五年，加峰每週都會來「Heartful 永町」探望菜緒，從不缺席。

速克達的引擎聲通過窗外的車道。加峰察覺自己的心跳鼓譟不已。

加峰不會撥開菜緒臉上的黑髮。他知道黑髮下方只是早已看慣的腦瘤。菜緒的臉被腦瘤擠得面目全非，再也看不到她真正的樣貌。

加峰避開肉瘤，輕撫菜緒的脖子，手指沿著喉嚨緩緩下移，隔著起居服的布料撫摸隆起的胸部。手掌隱約傳來心臟的脈動。他解開衣服鈕釦，左右拉開衣襟，如瓷器般潔白的乳房曝露在眼前。

加峰脫下鞋子，膝蓋壓上病床，身體微微前傾，用自己的臉磨蹭乳房。菜緒的體溫藉由兩道隆起傳達過來。他含起些許口水又吐出，舌頭前後擺動，將口水塗在乳房上。乳房沾滿唾液，濕潤光亮。加峰俯視著菜緒，一股愉悅的悖德感充斥心頭。

「抱歉了，菜緒。」

加峰的喃喃自語彷彿交融在昏暗的房間。

加峰很喜歡菜緒的乳房。菜緒的臉蛋、手腳、甚至從肚臍到背部都布滿腦瘤，不知為何只有乳房完好如初。加峰只有撫摸這對乳房的時候才能感受到菜緒的心，知道現在的她仍是人瘤病發病之前的那個她。

「謝謝妳，菜緒。」

加峰將臉埋進乳房之間，深埋在腦海中的記憶忽然如走馬燈一般復甦。

菜緒在加峰十歲的時候染上人瘤病，當時菜緒才五歲。

妹妹的手腳、腹部接連長出凸起，浮現類似青蛙的臉孔。當時那股恐懼仍鮮明地烙印在加峰腦海中。尤其是腦瘤擠壞菜緒臉孔的時候，自己打擊過大，抓著馬桶猛吐胃酸。那股感覺依舊記憶猶新。

加峰現在回想起來，自己當年只是個小學生，其實完全不懂菜緒得了什麼病。加峰當初認為只要花錢，醫生就會治好菜緒的怪病。

然而當時人瘤病病毒研究未有進展，新聞媒體擅自寫出未證實的報導。當時有一名掛著厚重眼鏡、小有名氣的醫生藝人，叫做「四毛別」。他不斷在節目上主張「及早進行手術就能有效切除腦瘤」。

「人瘤病患者不能進行切除手術」，這一點在現代已經是人人皆知的常識。原因在於病毒擴散至神經系統後，切除腦瘤不但無法清除病毒，受傷的細胞組織還會釋放因子刺激神經幹細胞，腦瘤的數量反而會增加兩、三倍。

患者一旦感染病毒，就無法防止腦瘤生長。再說，感染人瘤病的病患並非所有人都和菜緒一樣，會徹底喪失意識。人瘤病病原體其實有兩種病毒，只是兩者統稱為人瘤病。一是「三宅I型」病毒，俗稱惡性病毒；良性病毒則稱為「三宅II型」。兩種病毒分別會帶給病患迥然不同的命運。

惡性病毒「三宅I型」會使剩餘的神經細胞變性，破壞大腦功能。但是身上的腦瘤不會正常發展智力，頂多成長到一、二歲左右的智力。病患身上的病毒會在一、二年破壞原本的大腦，腦瘤又只有嬰兒等級的智力，病患就會失去人類應有的思考能力，變成廢人。日本的人瘤病患者九成都是染上惡性病毒。

良性病毒「三宅Ⅱ型」不會損害宿主大腦，患者可以維持原本的人格生活。染病的人渣只要用支架固定住腦瘤的牙齦，避免讓腦瘤擅自開口說話，就可以像常人一樣上學或工作。

不過良性病毒引起的腦瘤成長更加快速，智力發展也比較接近成人。這種腦瘤的成長程度有個體差異，但大部分都會說人話，也和人類一樣會哭、會笑。良性病毒患者大約占日本人瘤病患者總數的一成，然而這些患者是逼不得已必須和複數大腦共同生活，有許多人受不了處處受限的生活，最後走上絕路。

菜緒患上的是三宅Ⅰ型——也就是俗稱的惡性病毒。菜緒原本的大腦已經遭到破壞，處於腦死狀態，現在由四散在全身的腦瘤維持她的生命活動。她身上的腦瘤停滯於嬰兒程度，智力不可能繼續發展到原有大腦的程度。

加峰早就明白菜緒不可能再次露出笑容。那麼他為什麼要拚命縮衣減食讓菜緒入院？有時候連自己也搞不清楚答案。即使如此，加峰仍然渴望著唯一的家人，他就如同神社的百次參拜，每週必定前往「Heartful 永町」探病，貪圖她的體溫。

加峰用臉磨蹭乳房一陣子，忽然嗅到一股類似恥垢的腥臭味。他抬起臉一看，差點嚇得喊出聲。乳頭冒出猶如洗米水色澤的白色液體，混著唾液流下來。

加峰反射性地舔舐母乳。他不懂，菜緒從未懷孕，怎麼會流出母乳？加峰一個勁吸吮乳頭，不放過任何一滴乳汁。

「──────」

加峰驚覺某處傳來腳步聲，急忙抬起頭。

有人在走廊上。腳步聲從電梯不偏不倚地走向這間病房。辦公室的看護可能是看加峰很久沒走出來，前來查看狀況。

加峰正想悄悄整理菜緒凌亂的衣著，卻嚇得屏住呼吸。翻起的衣襬之間有兩顆眼珠直盯著自己。腹部的腦瘤似乎醒來了。

「咪呀──」

加峰伸手摀住腦瘤半開的嘴唇。側腹冷汗直流。

大多數人瘤病患者都會把一種金屬零件鑲進腦瘤的嘴裡，稱為「支架」。畢竟腦瘤隨便開口說話，患者就沒辦法正常生活。他們會在腦瘤的上下牙齦打洞，穿過鋼絲加以固定，不讓腦瘤張開嘴。但是專門照護人瘤病患者的機構多半不會為病人裝上支架，「Heartful 永町」也不例外。

腳步聲馬上就要抵達病房前方。月光映照著濕潤的乳房，加峰的唾液隱隱閃爍光澤。被人看到這一幕可就百口莫辯了。加峰眼前忽然一陣黑。

「打、打擾了──」

「咪啊啊啊啊啊！」

隔壁房突然響起極為淒厲的慘叫。

接著是門鎖轉開、打開房門的聲響。看護似乎走進左邊的三〇八號房。

加峰按著腦瘤的嘴脣，同時用手帕擦去乳房上的唾液，合起衣襟蓋上棉被。他這才小心翼翼鬆開手。腦瘤已經翻白眼昏厥，應該不會再出聲。

「晚安，菜緒。」

加峰深吸一口氣，走出房間，正好看到看護走出三〇八號房。如加峰所料，上來查房的看護就是剛才那名戴著鼻屎鼻環的男人。

「喲，要回去啦？」

「是啊。病人夜啼了？真辛苦。」

加峰故作從容地回答。

「就是說啊。而且劉先生打太多次鎮靜劑，腋下簡直跟藤壺沒兩樣。你要看嗎？很噁喔。啊、你家的菜緒都很安靜，很好照顧。劉先生的事就麻煩你保密了。」

男人炫耀似地說個不停，口沫橫飛。加峰隨口應了幾聲，急忙走進電梯，直接離開「Heartful 永町」。

3 紗羅

「從今天開始，就由我擔任一年A班的級任導師。請各位同學多多指教囉。」

今天是九月一號的早上。味如嚼蠟的無聊暑假終於結束，紗羅一個月沒見到同班同學，大家都晒黑了。

這名瘦弱的男老師左手插進口袋隱隱搖動，並對同學們打招呼。紗羅見了心裡一陣煩悶，今後的學生生活恐怕會陷入陰霾之中。

上一任班導師美柑老師只做到六月就辭職，辭職理由似乎是「察覺自己其實不喜歡小孩」。從那之後過了兩個月，海晴市第一中學一年A班的同學只能忐忑不安地等待繼任的班導師上任。

紗羅現在回想起來，美柑老師一開始也是讓人感覺既年輕又親切。

「我直到十六年前那起事件發生之前，都還住在這座鎮上呢。所以我後來確定要到這所學校赴任，當時真的覺得非常高興。能夠為培育自己的故鄉盡一份心力，是我的榮幸。」

開學典禮當天早上，美柑老師十分天真地問候同學，連NHK連續劇的女主角都說不出這麼肉麻的臺詞。她最後為什麼會性情大變？四月第三週發生的某起意外，成為美柑老師辭職的起因。

國雄那一天從早上開始心情就很差。國雄是當鋪的二兒子，他的爸爸曾經兩度因傷害罪被抓，他自己也不惶多讓，老是和人打架，問題多多。國雄這天因為遲到，一大早就被美柑老師念了一頓，氣得不停抖腳、咂嘴。

美柑老師中午總是在教師辦公室吃飯，但這一天似乎忘了東西，趁著午餐時間回教室一趟。現在看來她的決定實在大錯特錯。國雄當時正好要撈豬肉味噌湯來喝，美柑老師就這麼一不小心，竟然把粉筆掉進餐桶裡。

「妳現在就給我去死啦！」

國雄氣得大吼，一把將美柑老師的頭壓進熱騰騰的豬肉味噌湯餐桶。美柑老師的頭栽進餐桶大約三十秒，最後因為氧氣不足抬起頭，但她的臉已經腫得像是半熟的豬肉。

當時大多數學生都很同情美柑老師，屏息凝視眼前的慘劇。缺氧的美柑老師這時像狗一樣大張鼻孔吸氣，正好將蒟蒻絲吸進鼻孔裡。整間教室一瞬間彷彿炸開了鍋似的，充斥鼓掌與爆笑聲。

從這一天開始，教室內再也見不到美柑老師的笑容。她在課堂上只會像蚊鳴一樣小聲讀著教科書，經常突然痛哭、摀著嘴衝進廁所。男同學罵她是「老太婆」、「爛橘子」、「肉湯女」，女同學則是譏笑她是「蠢女人」、「大而無用」、「一條死魚」。

美柑老師甚至不向同學道別，在六月底匆匆離開了學校。

七月到暑假前的最後半個月，A班改由大股主任擔任臨時斑導。大股老師是個駝背的中年男人，身上跟下雨天發霉的抽屜一樣臭。這名老師雖然也很沒用，但是他卻會耍些小手段，一發飆就會叫負責生活輔導的樽間老師前來責罵同學，班上愛耍流氓的男同學都不敢對大股老師動手。

樽間老師是體育老師，外貌就像是用鐵鎚把一張流氓臉敲進相撲力士的身體上，還是個Gay。他有潔癖，酒品卻很糟，一年前還醉醺醺地逼迫男學生喝酒。不過被灌酒的劍道社主將堅稱自己「什麼也不記得」，校內開始謠傳樽間老師強暴這名男學生，男學生因此得了心病，再也沒到校上課。樽間老師身為主犯卻只受到在家自省半年的處分，今年四月又順利回到職場，而且還擔任生活輔導工作。紗羅真不懂學校的人事單位在搞什麼鬼。

紗羅曾經看到當鋪家的國雄差點在走廊上撞見樽間老師，急忙轉身逃向樓梯。看來全學年最難搞的問題兒童也贏不了喝醉酒的Gay。大股主任巧妙利用樽間老師帶來的壓力。

種種內情暫時先放在一邊。總之一年A班的新任班導遲遲未定案，第一學期的結業典禮就這麼到來了。

紗羅迷迷糊糊度過暑假，轉眼又到了九月一日。她正生疏地和同班同學敘舊，大股主任走進教室，難得地露出笑容，並為班上同學介紹新任教師。他將在第二學期起擔任A班班導師。

「這位是林老師，他遠從仙台前來本校赴任。」

一名三十歲中段班的男老師聞言，走進教室。他身材矮小，笑容清爽，彷彿明星圖鑑上會出現的燦爛笑容。

「我想在這種時機更換班導師，各位同學一定會覺得不知所措，就讓我們好好相處吧！」

紗羅坐在最前排，偷偷盯著男老師不時抖動的左手。其他同學似乎沒發現他在做什麼，那個動作顯然是在口袋裡擺弄陰莖。紗羅還記得兩年前，父親曾經以雙眼黏膩地觀察自己睡著的模樣，還做出一模一樣的動作。順帶一提，紗羅的父親半年前在盛岡市的旅館裡強姦了一名女中學生，現在正在宮城監獄裡努力做肥皂。

「我聽說這個班級很頑皮。我也曾是個臭小鬼，被抓去訓話的次數可不只一、兩次。我能體會你們對父母與這個社會抱持著不滿、憤恨。不過煩惱這些無聊事只是在浪費時間。一年A班有我擔任導師，一定會讓這個班級成為日本最強的班級。我們一起創造出最美好的回憶吧！」

林老師誇張地點頭，一一俯視每一個學生的表情。那些噁心的臺詞讓紗羅毛骨悚然，但同學們似乎十分陶醉於林老師的演講。

「對了，我先告訴同學我的聯絡方式。假如有什麼在大家面前難以啟齒的事情，歡迎隨時打電話找我商量。」

林老師說完便捲起袖子，在黑板上寫下電話號碼供同學抄寫。換成美柑老師可能會擔心接到一大堆騷擾電話，這位老師倒是不在乎這種狀況。

紗羅此時忽然發現，林老師握著粉筆的左手肘上有一道長長的傷痕，像是正在爬動的蚯蚓。他曾經出過意外？

「這老師感覺很有趣呢。」

小紬從後方的座位向紗羅說悄悄話。小紬是紗羅的兒時玩伴。但紗羅不太認同她的說法。

「是嗎？」

紗羅語帶質疑地敷衍過去。

在這之後四個月，林老師使教室內的氣氛為之一變。一年A班成了一個活潑又和平的班級，以往的紛亂彷彿一場夢。

林老師提倡「團結一心」，他時時刻刻把這句話掛在嘴邊，要求同學同心協力解決班上的所有問題。比如說，春香因為闌尾炎請病假，同學就輪流整理課堂筆記，送到春香家裡；阿悟不小心弄丟午餐費，大家就一人出一百元，合力湊齊阿悟的午餐費。

「換成林老師當班導之後，上學就變得很快樂呢。」

小紬以前在學校老是滿口抱怨，現在也對林老師讚不絕口。

林老師主張「讓一年A班成為最棒的班級」。說實話，紗羅不贊同林老師這個想法，卻漸漸開始相信他耿直的性格。他的數學課非常有趣，紗羅每天都非常期待數學課到來。紗羅自己都很驚訝這個變化。

林老師過了四個月，還是改不掉邊說話邊擺弄陰莖的壞習慣，不過其他同學都沒發現這一點，紗羅也就睜一隻眼閉一隻眼。

「紗莉，放學之後可以請你來教師辦公室一趟嗎？」

第三學期之後的第二個星期五，林老師突然叫住紗羅。

紗羅有些驚訝，愛死「團結一心」的林老師居然會單獨叫自己去辦公室。紗羅不記得自己做了什麼事需要被叫去問話，但她也沒多想，直接前往教師辦公室。

「抱歉啊，突然請妳過來。我有點事想問問妳。」

林老師的語氣滿懷歉意，帶著紗羅走向教師會議室。會議室滿是灰塵，林老師坐在角落的鐵椅上，打開點名簿的活頁夾。夕陽照進整間會議室，紗羅看了一圈，這間會議室的每一處都充滿菸味。

「話說回來，我之前就有點在意。紗莉為什麼一直戴著遮咳口罩？有什麼特別的理由嗎？」

林老師若無其事地問道。以前經常有老師這麼詢問紗羅，但是他們的語氣總是小心翼翼，像是在觸碰流膿的傷口。林老師的語氣感覺不到這些情緒。

「我小時候得了氣喘，一發作就會咳到停不下來。」

紗羅老實回答他。

「遮咳口罩」顧名思義，是用來遮蓋咳嗽聲的口罩。外觀看似普通的口罩，質地偏薄，還能隱約看見嘴巴的形狀。不過戴上口罩後不會影響說話音量，只遮去咳嗽的聲音。

這種口罩是在距今十二年前問世。當時是人瘤病疫情爆發後第五年，人瘤病患者的咳嗽反應開始引發社會問題，研究者便在此時發表試作品。海晴市是疫情源頭，所以率先全國免費發送遮咳口罩。現在仍有不少居民將遮咳口罩作為日常必備品，也經常見到老年人、兒童隨身配戴遮咳口罩。

紗羅上了中學以後就說明過數次自己戴口罩的原因，現在又重新解釋一次。

「我唸小學的時候去綜合醫院治療氣喘，那時候不小心在走廊上咳了起來。有人瘤病患者聽見我的咳嗽聲引發咳嗽反應，抓起點滴架打算攻擊我。當時保全馬上就抓住那個人。不過從那之後我只要出了家門，就絕對不把遮咳口罩拿下來。」

「原來如此，我還真不知道有這種事。」

林老師露出不可思議的表情，點了點頭。

「這座城鎮的人渣比老師想像得還要多嘛。」
「不過在上學路上也就罷了，在教室裡沒必要戴口罩吧？」
林老師不改神色繼續說。對方的語氣滿不在乎，聽起來彷彿事先策畫好的偽裝，令紗羅感到一股惡寒。
「老師就為了這件事叫我來嗎？」
「抱歉，這麼問讓妳覺得不舒服了？那老師先跟妳道歉。老師這次是想跟妳談談小紬的事。小紬已經一個月沒來學校了，老師很擔心她。紗莉跟小紬比較要好，老師想問妳知不知道她的狀況。」
林老師用手指比畫點名簿，嚴肅地說。
正如老師所說，小紬從十二月的第二個星期開始就向學校請病假，似乎是生病了。紗羅用手機傳簡訊問小紬「還好嗎」，小紬則是回了句「還好」。小紬不只沒有來上課，連去她住的住宅區附近也見不到她的身影。
「紗莉和小紬從小認識對吧？」
「是呀。不對，我跟她的交情才不只是從小認識這麼簡單。」
「哦？怎麼說？」
「小紬在我媽媽生病的時候、我爸爸被逮捕的時候，都一直是我的心靈支柱。假如我在學校散播人瘤病病毒，小紬大概也會站在我這裡。她就是這樣的人。」

「這比喻有點難懂耶。」

「我是說她很善良，只是她外表看起來很頑皮。」

「先不提小紬的個性，妳知道她狀況如何嗎？」

「不知道，我只聽說她身體不舒服。」

「果然嗎？老師也試著聯絡她父母，但是他們堅持小紬只是感冒病情拖得比較久。老師知道自己擔心太多，但還是很在意小紬的狀況。」

「老師有發現什麼不對勁嗎？」

「這倒沒有。不過女孩子年紀輕輕忽然不見蹤影，怎麼想都很詭異吧？」

這個老師到底想說什麼？小紬性格開朗，交友廣泛，怎麼想都不可能主動躲在家裡。旁人當然認為她只是得了比較嚴重的感冒。

紗羅的眼神偶然向下望，發現林老師又把左手插進口袋裡。手腕抖啊抖。她腦中又浮現噁心的想像。

「老師該不會以為小紬懷孕了吧？」

「我也不想這麼猜。美佐男和小紬住同一間公寓，之前班上就請美佐男幫忙轉交筆記，對吧？我後來委婉問了美佐男。結果他說自己從窗簾縫隙看到小紬，她似乎挺了個大肚子。」

「是他看錯了。」

紗羅苦笑著說。美佐男在期末考老是拿全學年吊車尾，就被取了個難聽的綽號，叫做「蠢蛋美佐男」。搞不好小紬房間的窗邊擺了個金魚缸，美佐男才不小心眼花看錯。

「老師是真心擔心小紬。」

「那不然我等一下就去小紬家裡看看。我們從小認識，我知道她家在哪裡。」

「妳能幫忙當然是最好。老師只要知道小紬平安無事就夠了。」

林老師抓抓左手上的蚯蚓疤痕，點了點頭。他的話配上不時抖動的下半身，實在沒什麼說服力，但是好朋友莫名背上懷孕嫌疑，紗羅也很不是滋味。於是她主動提議去小紬家探病，轉身離開教師會議室。

紗羅從鞋櫃裡拿出運動鞋換上，走出校舍門口，一股冰冷的海風吹來，冷得皮膚幾乎要裂開。海晴市立第一中學位在釜洞山山腰，從校舍門口就能眺望壘地區的街景。紗羅繫緊圍巾，把長髮束在脖子旁邊。

她走下階梯，清脆的腳步聲迴盪在校舍裡。現在時間剛過下午四點，校園內不見任何人影。扣除準備考高中的三年級生，大部分學生下課之後都是直接回家幫忙家裡的工作。

聽說學校以前還有吹奏樂社和足球社，後來因為人數不足無法參加比賽，自然而然解散了。唯一殘存的劍道社也因為去年樽間老師引起的醜聞，慘遭廢社。

紗羅單手提著書包走向正門，和一對柱拐杖的老夫婦擦身而過。他們小心翼翼捧著一朵菊花，應該是要去瘤塚掃墓。紗羅微微低下頭，老太太布滿皺紋的嘴唇動了動，小聲說了句：「回家小心。」

瘤塚是校舍後方的公共墓地。這塊地原本是第二運動場，十六年前的「人臉病事件」有許多居民喪命，寺院內的墓地無法容納過多的墳墓，家屬便將骨灰罈埋在這塊土地上，漸漸變成公共墓地。

病人染上人瘤病之後不一定會因病而死。不過接連有患者對未來絕望而自殺，或是咳嗽反應發作陷入錯亂，反遭汽車撞死。從結果來看，海晴市仍出現許多死者。紗羅在課堂上從窗戶眺望瘤塚，經常看到有家屬在墓碑前痛哭。平均一週就會看到一次。

紗羅走出正門，沿著雜木林中的砂石路快步走去。小紬住在壘住宅區內，這座住宅區就在從校外的山崖下。不過得先繞過蜿蜒的山路，必須走上十五分鐘才能抵達住宅區。

紗羅側眼看過一旁的花崗岩紀念碑，走進壘住宅區。住宅區內杳無人煙，只有一名臉色糟糕的老人坐在長椅上，直盯著自己的膝蓋。這座住宅區多半住著海產加工廠的職員和職員家屬，現在多數居民可能還在工廠滿頭大汗地幹活。

住宅區內的鐘樓彷彿金針菇般細長，纖細的影子落在花圃上。時鐘的指針固定在三點之後，一動也不動。

一幢幢外觀冷硬的公寓維持一定間隔，聳立在地面上。紗羅見到一個眼熟的男人正從A棟門口走出來。他叫做金田，是派出所員警。金田總是在鬧區的派出所，緊盯路上有沒有超速或後座違法載人的自行車。他現在身上沒有穿深藍色制服，而是披著卡其色風衣。

紗羅怕被金田抓到自己下課後在外閒逛，趕緊躲進樹蔭。她蹲低身子，靜靜等著金田離開。

「咦……？」

金田剛要走出壘住宅區，臉上隱約殘留淚痕，眼瞼紅腫。他平時的表情跟老鷹一樣凶惡，現在卻判若兩人。這麼說來，紗羅曾經聽說金田的老家就在壘地區。是家人遭逢不幸？

「——」

紗羅想起自己沒空擔心人家的私事，擅自妄想他人的慘狀也沒什麼意義。她確認金田消失在山路的另一頭，走向G棟一樓。小紬就住在G棟裡。

紗羅確認門牌，按了門鈴。但是她按下按鈕後，心中忽然湧起一陣不安——萬一小紬真的懷孕了怎麼辦？她緊張得掌心微微出汗。

大概三十秒之後，大門開啟，小紬的媽媽探出臉來。她的眼瞼腫脹，油膩膩的頭髮黏在臉上，彷彿在幾個月內老了好幾歲。

「小紗莉？哎呀，好久不見。」

「好久不見。不好意思，突然來打擾，我想——」

「妳是來探望小紬的對不對？不過那孩子身體不太舒服，還在睡覺呢。可以麻煩妳下次再來嗎？」

「等等！」紗羅故意大喊，試圖讓聲音傳進屋內：「至、至少告訴我小紬的病情好嗎？」

「病情？小紬只是感冒而已呀。」

小紬的媽媽不耐煩地皺緊眉頭。紗羅胸口萌生的疑心逐漸壯大。

「可不可以告訴我更詳細的狀況？像是發燒多少度、出現什麼症狀之類的！」

「妳這麼問是什麼意思？我怎麼可能把私事告訴別家的小孩。真詭異，妳快點回去！」

「無論如何都不能告訴我嗎？是不是有什麼原因——」

口袋裡的手機突然響起鈴聲，震動了一下。紗羅一瞬間被拉走注意力，小紬的媽媽立刻關上大門並且上鎖。紗羅望著冰冷的金屬大門，只能無奈地嘆息。

紗羅一頭霧水地走出G棟，只見頭上的天空仍舊一片陰鬱。林老師搞不好猜中了。海鳥悠哉的叫聲聽起來特別刺耳。

「咦？」

紗羅隨手打開手機的信箱，頓時止住呼吸。小紬發了簡訊給自己。欣喜與憂慮互相交織，同時襲上心頭。

紗羅看了看左右，確認身旁沒有別人之後，打開簡訊。內文短短寫了一句：「九點瘤塚見。」

當天晚上，紗羅騙媽媽說要去學校拿忘記的東西，穿著運動服走出家門。她剛上中學時，媽媽為她買了兩套運動服，顏色就跟番薯一樣紅。媽媽喝燒酎喝得雙頰通紅，她在暖爐桌上撐著臉，什麼也沒說。

紗羅握緊手機，縮著身體走過夜晚的道路。小紬真的會在瘤塚等自己嗎？海浪聲一波接著一波，緩緩勾起紗羅的不安。

「咦？這不是紗莉嗎？」

紗羅才剛走出家門不到一分鐘，身後立刻有人叫住她。她回頭看去，只見同班的丑男身穿制服，騎著腳踏車靠過來。

「哦？紗莉沒戴口罩。好久沒直接看到妳的臉了。」

丑男坐在腳踏車坐墊上說道。紗羅急忙遮住嘴邊。

「妳在做什麼？」

「呃，我把東西忘在學校裡了。」

「這麼晚才去拿？我陪妳去吧。」

「不用啦。」紗羅趕蚊子似地揮了揮手：「丑男才是、你怎麼這麼晚還出門？」

「不是，我剛剛才從補習班回來。」

丑男說著，指向置物籃裡塞得滿滿的書包。

丑男的母親和她的母親從小認識，所以兩人小時候老是被逼著一起玩耍，算是一段孽緣。兩人上中學之後就很少聊天了。丑男當時還跟國雄那群不良少年混在一起，最近半年似乎是疏遠了，很少看到他們走在一起。

「丑男家沒錢上補習班吧？」

「我沒騙妳。隔壁鎮有個大學生免費開班授課。紗莉也趁現在多唸點書吧，不然就要一輩子留在這座髒兮兮的小鎮囉。」

丑男的語氣像在開玩笑，表情卻十分嚴肅。

「丑男想離開海晴嗎？」

「當然了，我高中以後打算寄宿在仙台。紗莉打算上海晴高中？」

「不知道，我沒想過。」

紗羅馬上回答。丑男搖了搖頭，似乎覺得很可惜。

「我們這間中學九成學生都會上海晴高中。跟著旁人隨波逐流，最後只能去唸那間有如垃圾焚化廠的高中。然後三年後繼續留在鎮上，要麼繼承家業，要麼就去海產加工廠上班。」

「這樣不好嗎？」

「我才不要。我要是在這種海潮味超重的小鎮多待上幾年，腦子裡的螺絲大概都要鏽掉了。」

紗羅不知道該如何回答。兩人才多久沒聊天，丑男的想法變得更成熟了。

「是說，林在午休時間不是叫妳過去，沒事吧？」

「咦？能有什麼事？」

紗羅疑惑地回望丑男。紗羅有點吃驚，丑男居然聽見自己和老師的對話，不過他質疑林老師的態度更讓紗羅訝異。紗羅以為扣除自己，所有同學應該都很信任林老師。

「你知道林老師藏了什麼祕密嗎？」

「算是吧。」丑男尷尬地扭了扭嘴唇：「我之前隨手翻了老爸買的雜誌，結果雜誌上登出那傢伙的名字。其實那傢伙啊——」

某處突然傳來腳踏車的煞車聲。

紗羅回頭看去，數十公尺外的路燈下出現一名警察。那是當地駐警金田，幾個小時前她才在疊住宅區跟金田擦身而過。金田現在換掉風衣，穿上深藍色警察制服，騎著白色腳踏車在交叉路口等紅綠燈。幸好他還沒發現兩人晚上在外遊蕩。

「糟了，被他發現可能會被抓去訓話。我們星期一再聊。」

丑男壓低音量說完，踩動腳踏車騎回家裡。紗羅則是躲在平房陰影處等金田過馬路。她看到金田的背影消失在巷弄裡之後，趕緊沿著上學路線走去。

漁港附近傳來許多醉漢的嘻笑聲，不過她一走進釜洞山的樹林裡，彷彿踏進了溫室，外頭的聲音頓時消失。只剩下自己的呼吸聲以及踩踏沙粒的聲響。

其他同學似乎在紗羅沒意識到的狀況下漸漸長大成人。自己總是故作冷漠，輕視這些同學，但果然還是自己最幼稚。丑男的眼神和小學的他簡直判若兩人。小紬說不定也在不知不覺間加入大人的行列。

她走了二十分鐘左右，終於抵達海晴市立第一中學正門。大約在十年以前，附近學校的校門意外夾死人，所以學校都把校門撤走了。教師辦公室的燈光早已熄滅，夜晚的黑幕遮蓋了校舍。

罪惡感彷彿在聲聲催促紗羅，她急急忙忙走向校舍後方。穿過主校舍與體育館之間的通道，瘤塚管理所靜靜聳立在前方。墓地出入口已經大門深鎖，管理員下班之後就進不去瘤塚了。柵欄的另一頭，漆黑墓碑遍布整座墓地。

「好久不見。」

一道人影靠在管理所的鋼門旁，舉起右手向紗羅打招呼。對方腳邊有一盆魚腥草盆栽，感覺隨時會枯萎。

陰雲掩蓋了月光，深沉的黑暗漸漸包圍這一帶。她看不清小紬的表情，但是小紬的下腹顯然比一個月前膨脹許多。

「喔?真稀奇。我好久沒見到不戴口罩的紗莉了。」

小紬的口氣聽起來比想像中開朗。紗羅躲在遮雨棚下面，小心不讓小紬看到自己的臉。

「我沒事，抱歉讓妳擔心了。我很想去學校，可是媽媽不准我出房間。雖然我能體諒她啦。」

「小紬才是，我好擔心妳。妳還好嗎?」

「啊哈哈，幹麼這麼害羞?」

小紬說著，右手隔著防寒衣摸了摸腹部。

「幾個月了?」

「聽說已經有四個月了。之前和妳一起上下學的時候大概是十二月，當時這傢伙已經在肚子裡三個月了呢。真是嚇死我了。」

「那妳至少還有半年不能上學囉?」

「別說是半年，」小紬停頓了一下，像是在斟酌用詞。「我不能繼續上學了。」

「為什麼?我不要跟妳分開。」

紗羅的聲音隱隱顫抖。小紬瞇起眼笑了笑，像是在逞強。

「沒辦法嘛。妳也知道藪本家的大姊姊最後變成什麼樣。我這種人渣根本不能待在這個鎮上。無論我多想隱瞞這件事，這座城鎮這麼小，根本瞞不過大家。」

紗羅聽說過藪本家大姊姊的遭遇。九年前，她在學時期懷上孩子，從此她的人生化為一條極為殘酷的荊棘之路。

月光從雲層的隙縫落下，她看見小紬的眼角泛著淚珠。

4 紗羅

星期一的早上，雨水敲打著屋頂，像是在催促她出門。

她打開大門，這片臨海城鎮降下滂沱大雨。碼頭平時總有海鳥滿天亂飛，今天卻一隻鳥都沒看見。道路上處處泥濘。紗羅嘆口氣，快步走向通往學校的山路。

不只是糟糕的天氣令她心情沉重。她一到學校，林老師馬上就會來詢問小紬的狀況。她不打算揭穿好友的祕密，但也不相信自己有辦法騙過林老師。

她低著頭走進教室，同學馬上找她聊起下週即將展開的寒期修練。

寒期修練是海晴市立第一中學的例行公事，自創校之初延續至今。在校學生必須在早上五點到七點前往冷冰冰的道場，一個勁地拿竹刀空揮，一共要練上兩小時，是地獄般的體育課程。早上當然是由負責生活輔導的樽間老師監視學生。以往由於課程太嚴厲，有不少學生溜出道場，樽間老師今年似乎請來鎖匠，在道場門上裝門鎖。按照學校公布的行程，下週五就輪到一年A班進行寒期修練。

「那個死Gay乾脆連今年也搞出醜聞不就好了？他龜在家裡反省，我們就不用幹這種鬼修練。」

國雄抱怨連連，走廊上都聽得見他的大嗓門。令人憂鬱的要素實在太多，他似乎也沒力氣翹課。

「紗莉，可以來一下嗎？」

如紗羅所料，早上的班會結束之後，林老師就找她過去。

「啊，是。」

她扯著抽搐的笑容，跟在林老師身後走向走廊。

「如何？妳和小紬說到話了嗎？」

「有，我上星期五見到她了。」

她低著頭答道。自己要是說沒見到小紬，這個老師搞不好會直接殺到壘住宅區。她一想到這點就說不了謊。

「真的嗎？小紬還好嗎？」

「她的身體狀況的確不太好。」

「所以真的是生病了？」

「呃、是，我覺得是感冒沒錯。」

「那她並不是懷孕囉？」

「當然不是。」紗羅屏住呼吸，飛快地說道：「美佐男一定是看錯了，她沒有大肚子。」

林老師不偏不倚俯視著她。髮絲沾上的雨珠落到地板，發出「滴答」一聲。

「紗莉，說實話。」

林老師仔細觀察她的臉蛋，淡淡說道。

林老師跟只會說場面話的美柑老師、大股主任不同，他肯定一眼就看出學生在說謊。或許在她被叫去教師會議室的當下，她早已知道會演變成現在這種局面。敲打窗戶的雨聲驟然而逝，林老師的話語不斷在耳邊迴盪。

「不管小紬有沒有懷孕，她都是我認識的她。」

她用盡全力，最後只能擠出這句話。

紗羅坐在教室的椅子上，整天思索小紬的事。不同老師每隔一個小時進教室上課，但是那些內容全都左耳進右耳出。

一旦所有老師都得知小紬大肚子，小紬會不會怪罪自己這個兒時玩伴？小紬說不定會笑著原諒自己，但是自己竟然得靠這種想像安撫情緒，反而加重心中的罪惡感。

「各位同學，可以再多借用一點時間嗎？」

第四節的數學課結束之後，林老師突然語氣一變。他右手捧著點名簿，左手插在口袋裡。他從講臺上環視所有學生，語氣比以往更有威嚴。

「丑男請喪假，還有小紬沒到，其他人都到齊了吧。老師有件重要的事想告訴大家。」

「老師，我肚子很餓耶。」

國雄指著黑板上方的時鐘，大聲埋怨。

「麻煩你先坐著聽一下。老師之前說過很多次，一年A班是日本最棒的班級。大家實際上也同心協力解決各種問題，老師始終相信你們是日本最好的學生。」

林老師緩緩穿梭在書桌之間，在空無一人的座位旁停下腳步。那是小紬的座位。

「大家應該都發現了。小紬已經一個月沒有來上學。大家覺得這樣好嗎？一年A班將不再是日本最棒的班級了。」

「小紬不來上學又不是我們的錯。」

窗邊的春香舉手說道。

「老師當然不是這個意思。其實小紬的肚子裡有了新生命。可是她不是因為孕吐太嚴重才來不了學校，而是害怕和各位同學見面。」

小林老師斷然說道。一瞬間，一股異樣的興奮席捲整間教室。

「老師，就算小紬懷孕了，我覺得她還是這個班級的一份子！」

「大家一起寫留言板，讓小紬有動力來學校好不好？」

「我們在放學之後也來開讀書會，幫小紬一起補上課進度吧！」

「我跟她住同一個住宅區，我可以去她家接送她上下學！」

四周傳來愉快的討論聲。他們到底在說什麼？紗羅緊抓著書桌，以免自己忍不住衝出教室。

「謝謝大家。這個班級的確是一個好班級。老師會試著連絡小紬的家長，請他們讓小紬來教室。大家一起努力吧！」

教室各處紛紛傳來歡呼。林老師滿意地點點頭，笑容滿面走出教室。

「好了，趕快吃飯吧。」

國雄少根筋的聲音聽起來特別遙遠。

她趴在書桌上，沒力氣抬起頭。小紬明明想無聲無息消失在這座城鎮裡。教師、同學自以為是的善意即將打碎小紬的心願。然而是誰給了他們行動的契機？就是自己。

紗羅現在完全想不起三天前，小紬究竟是用什麼表情和自己見面。

放學後，她鬱悶不已地回到家，就看到媽媽穿著喪服，在通風扇底下抽著echo牌香菸。

「妳怎麼穿成這樣？」

「妳沒聽說嗎？朋子自殺了。我要去上香，妳也一起去。」

媽媽不耐煩地抬起頭，說道。

丑男的母親就叫「朋子」。紗羅知道丑男請喪假，但是不知道丑男請假是因為母親過世。

兩人的母親出身自同一座深山小村落，從小一起長大。她們在學期間還曾經一起到東京旅行，感情十分融洽。媽媽在五年前還曾給自己看過她們兩人年輕時的照片，丑男的媽媽五官端正，是一名帶有西洋氣息的美女。兩人高中畢業之後，媽媽開始在針灸按摩院打工，丑男的母親去隔壁鎮的設計事務所上班，兩人就這樣漸漸疏遠了。

丑男的母親在丑男一歲時人瘤病發病。她染上的是良性病毒，意識清楚，卻仍被設計事務所開除，從此只會躲在家裡，再也沒出現在人群前。

——那女人外表裝得很單純，實際上滿肚子壞水。我們明明年紀差不多，她卻老擺出自己在幫助我的態度，認為這樣的自己很偉大。我聽到朋子成了人渣的時候心想，她總算遭報應了。

每當媽媽經過丑男家，總會忿忿不平地詆毀自己的好友。

「朋友死了，妳都不難過嗎？」

紗羅問道。媽媽面露苦笑，在菸灰缸裡壓熄菸頭。

「住在這鎮上，隨時都可能有認識的人自殺。每死一個就要痛哭一場，我早就變人乾了。」

出家門之後，在巷子裡走上三十秒左右，就能抵達丑男一家居住的平房。

「朋子果然很討厭我，竟然挑我腰痛到快死掉的這一天去死。」

媽媽一邊抱怨一邊柱著拐杖走路。我陪著媽媽一起前往丑男家裡。

陌生的男孩子待在遮雨棚下，百般無聊地踢著石頭。屋內隱約傳來誦經聲，交雜在雨聲中。大約過了三十秒，大門打了開來，一對老夫妻從屋內走出來，雙眼哭得紅腫。這對老夫妻應該是丑男的親戚，前來悼念死者。

丑男站在三和土（註1）鞠躬，此時抬起頭望向紗羅，丑男臉上留有淚痕，但是他獨自向老夫妻致意的模樣，已經沒了中學生的青澀，看起來十分莊重大方。

「噢，紗莉，妳來啦。連紗莉的媽媽也特地跑一趟，真是不好意思。」

「請你節哀，我想來向朋子做最後的道別。」

「謝謝您，不過家母已經不在家裡了。縣警要對家母進行司法解剖。」

媽媽的聲音聽起來特別厚臉皮。

丑男回頭看了看客廳，語帶遺憾。

1　日本住家的玄關處有一部分可直接穿鞋踩踏，稱為「三和土」或「土間」。

「司法解剖？朋子不是自殺嗎？」
「是自殺沒錯。縣警局的警察說只是以防萬一。」
「有什麼內情嗎？」
「家母是引火自焚。家母是昨天下午兩點自殺，我當時去上隔壁鎮的補習班。家母把暖爐用的煤油潑在身上，自己用打火機點火。自殺現場就在旁邊的後院。聽說家父發現後趕緊滅火，但家母已經全身皮膚燒傷，勉強剩下最後一口氣。送醫之後醫師已經盡力為家母急救，家母還是在下午三點四十分過世了。」
紗羅望向客廳，丑男的父親黯然坐在客廳裡。兩支線香躺在燒香臺上，冉冉飄起煙霧。
「幸好你爸爸及時發現，要是再晚一點滅火，搞不好整棟房子都燒掉啦。」
媽媽的語氣隱約有些急促。
「我也是後來聽家父說的。他當時看到煙霧才發現失火。他原本從客廳走到寢室確認家母的狀況，卻發現床鋪空蕩蕩的，天花板還掛著電線。」
「所以她原本打算上吊？」
「我想應該是。家父急忙四處尋找家母，但是翻遍整個家裡還是找不到。他一時之間不知道該如何是好，接著就發現後院冒出濃煙。」
丑男的語氣非常平淡。他可能已經重複解釋好幾次。

「朋子她可能一開始打算上吊，結果卻遲遲下不了決心吧。不過自焚應該更痛苦才對。」

「我猜家母可能不希望別人看到自己的遺體。她這些年一直躲在寢室裡，連家人都很難見她一面。據說救護車將家母送到醫院時，家母還語無倫次地碎念『不要看我』。」

丑男的母親果然是因為人瘤病自殺。她原本長得很漂亮，可能是無法忍受自己扭曲無比的醜樣。

「兩位要去上香吧。」

兩人在丑男的招呼下走向客廳。

褪色的遺照孤伶伶地放在誦經桌上。紗羅代替媽媽燒完香，到一旁的坐墊坐下，開始與眾人合誦壘菩薩經。

在釜洞山山腰附近有一座壘地藏菩薩像，「壘菩薩經」就是講述這座菩薩像帶來的恩惠。這部經文來路不明，但壘地區的居民人人都能背誦其經文，甚至連小學生都朗朗上口。壘地區自古流傳一項習俗，家中親戚去世後一年內，每月忌日當天都要背誦壘菩薩經。這個習俗據說是始於江戶時代，當時壘地區的漁夫非常貧窮，沒有錢從隔壁鎮請來僧侶誦經，便自行為逝者背誦簡單的經文。

紗羅的祖父前年因為肺癌過世，她之後被迫每月念誦壘菩薩經，經文中的一字一句都深深烙在記憶中。即使她已經半年沒念，還是能馬上背出經文。

紗羅和媽媽花了三十分鐘誦完經，一起走出客廳。

「紗莉，明天見。我真的很高興妳能來，至少有一個同班同學願意來上香。」

丑男似乎在接親戚打來的電話。他放下話筒，對紗羅說道。

「你已經可以去學校了嗎？」

「沒問題，明天是一月二十六號，是創校紀念日，只有上午要上課而已。一直待在家裡也很悶啊。」

丑男寂寞地笑了笑。

「丑男，你變得好成熟，不說還不知道你跟紗莉同年呢。朋子在天之靈一定也會很欣慰。」

媽媽用拐杖指著天空。紗羅聽著她那帶著絲絲喜悅的聲音，覺得非常不愉快。

當天晚上，紗羅夢見自己和小學時期的小紬、丑男等人一起去海邊玩。小紬和男孩們在海灘上打鬧，自己和丑男則是坐在防坡堤上，笑著眺望海岸線。

紗羅腦中並沒有這段記憶，但是這場夢實在令人懷念，讓她捨不得醒來。

5 紗羅

紗羅上中學之後，這一天是第一次毫無理由就遲到。

假如她勉強趕得上最後一刻，可能還會焦急地衝向教室。不過她走出家門時已經到了營養午餐時間，她悠哉地走在山路上，腦中思索遲到的藉口。

紗羅在拖鞋櫃前脫下鞋子，此時一群三年級生從走廊另一頭陸續走來。他們似乎早已收拾好書包準備回家，彼此揮手道別後，走下校舍門口的階梯。紗羅這才想起來，創校紀念日當天下午不用上課。

紗羅想直接掉頭回家，但這麼做會變成無故曠課。林老師疑心那麼重，自己要是沒去教室露個臉，不知道他又會想出什麼鬼點子。於是紗羅低著頭穿過走廊。

紗羅伸手想打開教室後頭的門，卻發現門鎖上了。以前美柑老師擔任班導時，國雄經常把老師鎖在教室外頭。但是換成林老師上任之後，教室門就不曾上鎖。

紗羅無奈地敲了敲門，靜靜等待同學開門。十秒之後有人打開門，林老師探出頭來。

「是紗莉啊，進來吧。」

「咦？」

林老師抓住紗羅的右手，把她拉進教室之後，再次鎖上門。

幾個同學原本望著門口，又僵硬地把視線轉回去。黑板上什麼也沒寫。整間教室氣氛異常緊繃。

「怎麼會？」

紗羅不禁懷疑起自己的雙眼。只見小紬被綁住手腳，坐在講臺右側的椅子上。

「紗莉，妳遲到了。趕快就坐。」

林老師若無其事地說道，他的聲音聽起來莫名平淡。

「你、你們在做什麼？」

「班上正好在討論重要的事。一年A班能不能繼續作為日本最棒的班級，現在就是分水嶺。趕快去座位上坐好。」

紗羅腦中一片混亂，動作僵硬地坐上自己的座位。

「大家都知道小紬從上個月開始就一直請假，沒有來上課。老師不打算追究請假的事。但是小紬，妳居然撒謊，騙大家自己只是得了重感冒。區區感冒不可能讓肚子脹成這種模樣。小紬騙了老師——不、是騙了所有一年A班的好同學。所以老師真的覺得非常遺憾！」

林老師神色豹變，一拳砸向黑板。粉筆的白灰飛散在空中。紗羅聽見某個同學吞口水的聲響。

「一年A班的同學一直等著小紬回來班上，妳卻背叛大家的心意！」

「……你瘋了嗎？」

小紬抬起頭說道。

「什麼？」

「你竟然把女學生五花大綁，根本只是個變態。去死一死吧。」

教室頓時鴉雀無聲。

林老師無奈地張開雙手，搖了搖頭。

「老師也很想笑著原諒妳，不過這件事必須交由一年A班全體同學來決定。假如大家願意接納小紬，事情就到此為止。但這麼做也代表一年A班的水準不過爾爾，是可以隨口扯謊欺騙他人的班級。」

「一年A班才不是這種班級。」

薰子直挺挺地舉起手發言。

「那你們想怎麼做？」

「直到小紬誠心反省之前，我們都不承認她是一年A班的同學。」

「這樣啊，那你們想讓小紬怎麼反省？」

「這個——」

「只能處罰她了！」

薰子一時語塞，春香代替薰子喊道。

「原來如此，老師已經感受到大家對於一年A班的心意了，老師也覺得很開心。說到處罰也有很多不同的方式。春香可不可以告訴大家，妳想用哪一種處罰來讓小紬悔悟？」

「我知道了。」

春香驀地站起身，走到小紬面前，賞了小紬一巴掌。褐色髮絲一陣前後搖曳。小紬皺起眉頭瞪著春香。

「妳那是什麼表情？」

「……只是覺得妳蠢斃了。」

「嗄？」

「班上總是會有這種小女孩嘛。只會看大人臉色做事，裝成一副好學生的模樣。等妳沒利用價值之後就會被扔進垃圾場等死。可憐到不行，真讓我反胃。」

「老師，小紬根本沒有反省！」薰子大叫道。

「同學們冷靜一點。老師知道春香的用意了。不過你們都是中學生了，應該知道打傷臉部會惹麻煩。」

林老師站在小紬面前，左手壓住她的大腿，右手掀起制服衣襬。圓滾滾的肚子曝露在眾人面前。

「混蛋，你夠了沒啊！」

小紬往地板一蹬，拉起綁在椅子上的身體使勁撞向林老師。林老師被撞得一個不穩，他撐著黑板站起身，奮力踢向小紬的腹部。小紬痛得慘叫。黑板板溝裡的粉筆掉在地板上。

「叫得倒是挺大聲的。」

林老師撿起地上的粉筆，扯開小紬的嘴巴，將粉筆塞進她嘴裡。小紬發了瘋似的左右甩臉掙扎，仍然不小心把粉筆灰吸進鼻腔，嗆得上半身抖個不停。她眼角泛淚，脹起的腹部一陣一陣地抽搐。

「大家也看到春香的做法了。同學要是真心為一年A班著想就上前來，用力打小紬的肚子。」

林老師把小紬連同椅子一起扶正，指著她隆起的腹部說道。

場面沉默了一瞬間。薰子率先起頭上前，同學也跟著一一起身。

同班同學出手毆打小紬的肚子，一個、又一個。紗羅覺得自己身在惡夢中，只能眼睜睜看小紬的肚子被打得越來越腫。小紬一開始還會扭動、蜷縮起身子抵擋，但是她被打到一半已經渾身虛脫，眼眶含淚癱軟在椅子上。小紬的腹部彷彿變成一塊生肉，嚴重紅腫，處處淌血。

「還沒打過小紬的同學快點過來。」

講臺上傳來林老師低沉的嗓音。

小紬低下頭，緊閉雙眼。假如自己繼續默不作聲，會不會也跟小紬一樣，被同學當成班上的叛徒？紗羅怯生生地抬起頭，只見小紬雙眼微開望著臺下。她的眼神如同黑夜般陰沉。

「老師再說一次。還沒打過的同學快上臺來。」

林老師重複催促道。現在回頭的話，會不會發現所有同學都盯著自己看？紗羅漸漸弄不清了，到底是自己奇怪，還是其他同學比較奇怪？

紗羅視線一轉，偶然發現林老師的雙腿之間隱隱抖動。他的左手插進褲子口袋，一下又一下地搖晃。

「你們說什麼都不肯打的話，老師也另有打算——」

「我才不要。」

窗邊後側的座位上傳來堅決的喊聲。丑男雙手抱胸，狠瞪林老師。

「你應該明白，大家不是自願這麼做。」

林老師語氣平板地說完，一手抓起小紬的褐髮前後猛搖。

「我們是為了讓這個傻孩子反省自己的錯，逼不得已出此下策。」

「我不要。隨便出手毆打小紬，怎麼可能是為她好？」

「老師，我覺得丑男也要接受懲罰！」

春香洋洋得意地大喊。教室各處紛紛傳來贊同的呼聲。

「哇啊啊啊啊啊！」

這次換成靠走廊後側的座位傳出尖聲怪叫。紗羅望向聲音來源，只見美佐男雙眼圓睜，抱頭站了起來。書桌碰地一聲倒在地上。

「我也不想打啦！」

美佐男往教室看了一圈，大聲吼叫，打開教室門鎖衝向走廊。

「蠢蛋美佐男逃走了！快點追！」

春香脹紅著臉大吼。同學接二連三追在美佐男後頭跑出教室。鄰近教室的學生似乎早就放學了，空無一人的走廊紛紛響起雜亂的腳步聲。

其他同學全都跑向走廊，丑男趁此良機，起身跑向小紬身邊。他從小紬口中取出粉筆，一一解開椅子上的麻繩。小紬虛弱地抬起頭，隱約露出微笑。

「不行，繩子纏在一起了。紗莉也來幫忙！」

丑男低聲說道。

「我知道了。」

「知道個頭啊。」

紗羅耳邊傳來林老師的聲音，下一秒側頭部一陣劇痛。視野徹底翻轉，臉頰撞上地板。滅火器掉在眼前。自己似乎被滅火器的鋼瓶打中頭部。

「你做什麼！」

丑男驚叫一聲，趕緊奔向紗羅身邊。林老師撿起滅火器，再次高舉過頭。

「危險！」

丑男剛轉身，鋼瓶眼看就從半空中直直落下。破風聲呼嘯而過。丑男在危急之際撞向林老師的後腰，林老師卻紋風不動。

「喂喂，別看老師個頭小就瞧不起老師啊。」

林老師面帶微笑，接著抓住丑男的右手掌往瓦斯暖爐的頂端壓。

「你念書念過頭了。傻瓜多幾分小聰明可不會有好下場。老師就讓你暫時握不了鉛筆好了。」

銅板冒出絲絲熱氣，丑男嘶聲力竭地慘叫。林老師過了三十秒後才放開手，丑男隨即縮起身軀，緊抱右手。燙得紅腫的手掌緩緩流出黃色液體。

「老師，我們抓到蠢蛋美佐男了！」

教室外傳來春香自豪的喊聲，還伴隨著些許歡呼。林老師開心地回頭看向走廊。

小紬身上的麻繩已經解開，她趁機彎起膝蓋行動。趴在地上的丑男抬起頭，右手顫抖地指向窗戶。小紬微微點頭，搖搖晃晃地靠近窗邊。

「老師，小紬想逃走！」

薰子邀功般地大喊。紗羅感到眼前一黑。

林老師立刻將目光轉回教室，他看到腳步踉蹌的小紬，嘆了口氣。

「小紬，沒用的，快回座位坐好。」

小紬肢體僵硬，不靈活的動作宛如一具人偶，她扭頭望向教室內。泛紅浮腫的雙眸寄宿著朦朧微光。

「這就是日本最棒的班級？笑死人了。」小紬不屑地說道：「根本是日本最噁心的糞坑吧。」

「注意妳的口氣。」

林老師抓住瓶身凹陷的滅火器，朝著小紬高高舉起。

「快逃！」

丑男大喊，抓住林老師的左腳。老師嘖了一聲，無情地狠踩丑男燙爛的右手。腳跟使勁扭轉，就像一個小孩踩爛螞蟻。丑男咬緊嘴唇忍痛，他的手掌血流不止，最後整個人一動也不動，似乎是痛到昏厥。林老師滿意地揚起笑容。

小紬右腳踏上窗框，正將上半身探出教室外頭，後腦勺毫無防備。林老師眼看就將鋼瓶揮向小紬的後腦勺。紗羅不自覺遮住雙眼。

「你夠了沒啊！」

書桌倒地的聲響與女孩的哀號互相交織。

紗羅睜開眼，還搞不清楚發生什麼事。只見林老師倒在地上，國雄則跨坐在林老師身上。

「你今天也遲到囉。」林老師勾起脣角：「你再繼續遲到，出席分數就難看了。」

「一個會拿滅火器痛揍學生的噁爛老師，沒資格對我說教。」

「真稀奇，你這個不良少年居然會袒護小紬這個叛徒。」

「我才不知道發生什麼鬼事，老子只是恨死打小孩的大人。去死吧！」

國雄面無表情地說完，伸手掐住林老師的脖子。老師雖然扭動身體掙扎，國雄卻有如沉重的鉛塊鎮坐在老師身上，紋絲不動。

「喂喂，你瘋了嗎？」老師脹紅著臉呻吟道：「你犯下這種滔天大罪，你的家人會跟著陪葬啊！」

「這對我來說剛剛好。你要是跟豬肉湯美柑一樣安分，還能保住這條爛命呢。快點上西天吧！」

粗壯的指頭更陷進脖子裡。老師被勒得瞪大雙眼。

「你們在做什麼呀？」

某處傳來黏膩的嗓音。國雄的動作頓時一僵，臉色漸漸轉青。

負責生活指導的樽間老師從窗外探看教室裡的狀況。小紬不見蹤影，似乎已經成功逃走了。

「老師，你來得正是時候。快看，有學生正對教師施暴啊。」

林老師嘶啞地說。樽間老師跨過窗框爬進教室，眼神冰冷地環視整間教室。

「真是慘兮兮。是哪個壞孩子在做怪？」

「這邊的國雄，」林老師趴倒在地上，扭頭一一望過學生的面孔：「以及丑男、美佐男兩個人。還有小紬，她逃跑了。他們需要狠狠訓一頓。」

「我知道了。國雄、丑男、美佐男、還有小紬，一共四個人，對嗎？」

「還忘了一個，紗莉，這女孩也是。」

林老師指向自己。

「交給人家吧。」

樽間老師不改語調，淡淡說道：

「——你們幾個，現在馬上來道場。」

武道場沒有暖氣，寒風從頭頂的小窗戶一掃而過。

四名同班同學在木造地板上坐成一排。

「樽間老師，我終於找到她了。」

道場門唰地打開，門外傳來林老師爽朗的嗓音。他的肩上扛著已經癱軟的小紬，左手提著藍色的保冷袋。

「結果她跑去哪兒啦？」

「在體育館後面的倉庫。她可能覺得躲在倉庫裡，鎖上門就沒事了。結果我好聲好氣地呼攏她幾句『我不會傷害妳』，她就自己跑出來了。真笨啊。」

林老師說著，粗魯地將小紬摔到地板上。小紬氣喘吁吁，痛苦地抱緊腹部。

「對了，我今天也給老師添了不少麻煩，這是一點小意思。」

林老師舉起保冷袋。樽間老師原本不耐煩地皺緊眉頭，一看到林老師拿出玻璃酒瓶就眉開眼笑。

「伊丹酒？看來我跟林老師倒是能當個不錯的酒伴呢。」

「天氣冷成這樣，樽間老師應該也很難受。只要喝一口這種好酒就能馬上暖身子。」

「說得沒錯呢。」

樽間老師開心地盯著酒瓶的標籤，一打開瓶蓋就直接含住瓶口灌起酒來。他一年半前才因為喝酒闖禍，看來他完全沒記取教訓。

「之後就交給我吧。我會讓這些壞孩子打從心底悔悟，再親自送回林老師的班級。」

「真是太可靠了。那就麻煩你了。」

林老師行了一禮，轉身走出道場。

樽間老師鎖上門後，回頭看向紗羅等人，再次灌酒。

「怎麼還傻傻坐在那裡？現在馬上拿起竹刀站好，不然我就捏死你們。」

美佐男率先站起身，四人紛紛走到道場角落的刀架拿起竹刀。

「妳想在這裡睡到什麼時候呀？」

小紬還倒在地板上一動也不動。樽間老師用酒瓶底部抵住小紬的臉。小紬痛苦地動了動唇，悄聲碎念了些什麼。

「啊？妳說什麼？我聽不到。」

「……水。」

「嗄啊？」

「我想喝水。」

小紬的聲音彷彿變了個人，異常嘶啞。

「拜託，妳真的明白自己現在的立場嗎？」

樽間老師懶洋洋地搔了搔半白的頭髮，接著看看右手上的酒瓶，不懷好意地揚起嘴角。

「這麼想喝？就讓妳喝個夠。」

老師再次打開瓶蓋，扣住小紬的嘴唇，把酒瓶瓶口塞進她的嘴裡。小紬的頭部左右搖頭閃躲。她的臉彷彿塞住的馬桶，酒水頓時從嘴裡噴出來，灑得她滿臉都是。

「喂！小紬懷孕了耶！」丑男慌張地大喊，並且大步逼近樽間老師：「你想害死她啊！」

「吵死了。」

老師用竹刀猛戳丑男的喉嚨，丑男被戳得吐出來，向後翻了一圈倒地。

「聽好囉。別人為你倒的酒必須好好享用，而且要露出好喝到不行的樣子。我在你們這種年紀，早就不知道被灌了多少酒，多都到能拿去澆花了呢。」

樽間老師抓住小紬的衣領逼她坐起身，抬起她的下巴，從上方直接將酒瓶塞進嘴裡。酒瓶口直接捅進喉嚨深處，簡直像是串成串燒的魚。小紬無力抵抗，手腳不時抽動，最後像是斷氣了似的，一動也不動。

「想做就做得到嘛，妳這臭小鬼倒是喝得挺賣力的。」

樽間老師把空酒瓶扔到一邊，愉快地拿起竹刀，敲得地板啪啪作響。小紬仰躺倒在地板上，臉色跟白紙一樣慘白。美佐男抱頭抽泣，國雄則是跪在地上狠瞪樽間老師。

「快點站好隊形！假如你們乖乖反省，等等就給你們享用好喝的大吟釀——啊？」

小紬的身體微微抖動，裙子浮現黑色的水漬。一股惡臭直衝鼻腔。瞬間積了一大灘水便。

「哎呦，好臭！這樣很髒耶。」

樽間老師抓起晒在窗邊的抹布，扔向小紬。

「自己的大便自己擦乾淨喔。啊啊，臭死了。我受不了啦。」

樽間老師臭得喘不過氣，趕緊捏著鼻子奔向門口。

丑男倒在地上，轉頭朝國雄使了使眼神。國雄迅速站起身，壓低腳步聲，悄悄跟在樽間老師身後。

樽間老師念念有詞地抱怨，手忙腳亂地從懷裡拿出鑰匙。

「太誇張了。這會臭死人啊。」

「那就去死啊！」

國雄高舉竹刀，朝對方頭頂奮力一劈。

「好痛！」

樽間老師按住頭，身形一歪。他身上的劍道道服鬆開，露出心窩，國雄隨即將竹刀尖端捅了進去。嘶吼般的慘叫響徹道場。樽間老師倒地之後馬上用手撐起身體。

「喂！你們也來幫忙！」

國雄一邊大喊，一邊不斷揮動竹刀，像是在搗年糕一樣。樽間老師半白的頭頂被打得紅腫，滲出絲絲血痕。

「你這個小白痴！」

樽間老師雙手抓住竹刀，順勢起身。國雄頓時姿勢不穩。

「哇啊啊啊啊啊！」

美佐男高亢地怪叫，拿起酒瓶敲中樽間老師的臉。樽間老師沒料到這記攻擊，再次倒地。

國雄隨即坐上樽間老師的身體，兩人聯手猛揍老師的臉。一時之間鮮血四濺。樽間老師的鼻子被打歪，眼瞼腫得像兩顆水煮蛋。兩人胡亂痛揍了五分鐘左右，樽間老師終於癱軟不動。

「紗莉，妳有事做了。」國雄氣喘吁吁，順手將鑰匙拋向她：「我們負責監視這個混蛋，妳趕快去教師辦公室求救。」

「我知道了。」

紗羅簡短答了一句，撿起鑰匙走向道場門口。樽間老師的頭忽然印入眼簾。樽間老師的臉被揍得歪七扭八，毫無表情，就像變成一頭看不出模樣的怪物，莫名詭異。

「他、他還活著吧？」

「誰知道？應該只是被打昏了。」

國雄隨口說道。

紗羅蹲下身打算測看看手腕的脈搏，但又覺得對方很噁心，不敢亂碰。

「紗莉，麻煩妳快點。小紬肚子裡的小寶寶會出事的。」

丑男仰躺在地板上，無力地擠出這句催促。

紗羅握住門把，剛把門打開些微的小縫，又低頭看了看小紬的身體。自己如果跟他們說出真相，算不算背叛小紬？不過自己現在實在騙不了人。

「抱歉，關於小紬的肚子……」

紗羅急促地說。

丑男問道：「怎麼了？」

「你們不需要擔心寶寶的安危。因為——小紬的肚子裡根本沒有寶寶。」

國雄、美佐男、丑男三人一臉疑惑地望著自己。紗羅碰地一聲，關上了門。

「妳的這裡是不是有問題？」

國雄敲了敲太陽穴，露出苦笑。

「我的腦袋才沒有問題。我是說小紬沒有懷孕——總之，我先去叫救護車。」

紗羅打開門，快步奔向教師辦公室。

6 加峰

「你一大早把前輩叫出來，到底什麼大事？小心我一個手滑幹掉你。」

波波的人渣按摩店睽違一年重新開業，而今天是重新開業後的第一個星期五。厚實的雲層還籠罩著早上九點的天空，住宅區的窗戶附上一層冰霜。

「請別開這種玩笑。」仁太誇張地大嘆一口氣：「今天就是有重要的行程要跑，早也沒辦法啊。還有，加峰大哥早在我剛進店裡的時候，就曾經把我打了個半死啦。」

「說起來，的確有這回事。」

加峰沉聲低喃。

距今一年半前的入夏之時，仁太剛進店裡不久。「摘瘤小姐」所在的住商混合大樓正好要進行耐震工程。按摩店不只被迫停業兩週，還得將原本以客房為家的六名人瘤病患者移居到別處。

波波為了節省開銷，決定讓店員各自將人瘤病患者帶回家中躲藏。加峰強行說服「Heartful 永町」的員工，讓小鈴暫住在菜緒的三〇七號房。院內員工雖然覺得加峰很可疑，卻也沒當面抱怨這件事。想必其他入住病患的家屬也各有內情，不願張揚。

兩週之後，加峰準備將小鈴帶回混合大樓，那天卻出了大事。當時還是新人的仁太誤把菜緒當成小鈴，竟然打算把菜緒帶出療養院。小鈴和菜緒都被腦瘤擠爛原本的長相，身形又特別相似，加峰自己都會不小心弄錯。幸好加峰當時靠著手腕上的手環認出菜緒，又急忙把她帶回療養院。萬一加峰沒發覺，菜緒可能會被「摘瘤小姐」的客人侵犯。

加峰頓時氣得七竅生煙，憤而對仁太施暴。加峰還記得自己抓起仁太的臉撞向停車場的擋車墩，還用鐵橇一次又一次痛揍仁太的頭。當時自己氣得想直接打死仁太，不過仁太最後只斷了門牙，算是不幸中的大幸。

「一想起來就一肚子火。我乾脆再打斷你那顆假牙好了。」

「饒了我啦，我們快點走吧。」

仁太指著上坡說道。陡坡上方停著一輛貨車，貨車後方還連著一個三公尺寬的鋁製貨櫃。這臺貨車非常類似搬家業者、宅急便使用的貨運貨車。

「有必要開這種大型貨車？」

「是我大哥叫我準備一輛貨車，我也不知道原因。」

「難不成要連嫁妝之類的一起搬？」

加峰抬頭看著貨櫃問道，仁太讓卡其色風衣隨風飄動，百般無趣地隨口回應。今天兩人要去仁太的故鄉——海晴市壘地區，買回那名叫做羽琉子的人瘤病女孩。

「說到底，為什麼我們得親自跑一趟海晴？是對方想賣女人，應該叫他們自己把女人帶來仙台啊？」

加峰坐進副駕駛座，不滿地抱怨。

「跟我抱怨也沒用啦。我已經四年沒回壘地區了。可以的話我也不想去。」

仁太調低駕駛座的高度，低聲碎念。仁太十五歲左右就離開故鄉，他大概也不喜歡那塊土地。

出租車的座位傳來一股甜膩的香味。正要去套房接當天第一個客人的泡泡浴小姐身上，就散發著這種味道。加峰按下導航的電源按鈕，音響只傳出誦經般的女高音歌聲，遲遲沒有開始導航。加峰無奈之餘，只能從副駕駛座的置物槽拿出舊地圖，攤開地圖尋找通往海晴市的路線。

加峰與仁太沿著東北自動車道往北開一個小時，轉往一般道路又走了一半小時，才終於抵達海晴車站。加上午餐、休息，兩人大概要下午才會抵達海晴市。

加峰按下和暖氣同一顆的廣播按鈕，女主播就如同自動櫃員機的語音，平淡地播報新聞。

——反對特定傳染病防治法的眾多公民團體，日前在東京都永田町國會議事堂外圍進行抗議活動，整起活動於昨日晚間九點落幕。S大學的苫前教授於抗議活動當晚發表演講，苫前教授表示：「此法案嚴重縮限人瘤病患者的人權，更違反我國憲法內的人權條款。政府在國會質詢時對此法案始終閃爍其詞，我們絕對不能容忍政府如此藐視憲法。」——

「這些傢伙上班日還能搞抗議活動，他們到底靠什麼工作填肚子？」

「誰知道？搞不好他們都很有錢吧。」

仁太轉著方向盤答道。

「特定傳染病防治法」是今年九月國會通過成立的法案，法案內容為：「防止人瘤病患者危及生命、權利之行為，在符合特定構成要件下仍不成立犯罪行為。」這項法案在明年一月正式生效之後，為了自保傷及人瘤病患者，其行為將不構成犯罪。

近幾年已經越來越少出現新的人瘤病感染者，與十五年前相比大約減少一半。之所以會出現這項法案，是因為人瘤病患者的咳嗽反應已經漸漸成為一種社會問題。

人瘤病患者一旦聽見自己以外的咳嗽聲，就會暫時失去理智，這種症狀稱為「咳嗽反應」。以狂犬病患者為例，他們會對風、水起反應而引發痙攣；人瘤病患者亦同，他們對人類的咳嗽聲起反應，進而陷入過度亢奮。

加峰這類未感染的普通人不會在意自己的咳嗽聲，有時卻會對他人的咳嗽聲感到不舒服。而腦瘤對於咳嗽的不適似乎比前者有過之而無不及。腦瘤一聽見咳嗽聲就會吐血或吐痰，或是造成全身肌肉痙攣。甚至連維持正常生活的良性患者，他們的原生大腦也會因為咳嗽反應無法順利操控身體。

自從十七年前人瘤病病毒登陸日本，咳嗽反應使得人瘤病患者一再發生許多慘痛的交通事故與傷害案件。尤其良性病毒患者是抱病維持正常生活，這類患者反而經常因為聽見咳嗽聲性情大變，進而引發意外。

這種狀況接連發生，大約在十多年前，大眾輿論提倡應該針對人瘤病患者制定相關法律。但由於立法機構速度太慢，政府只能持續推動一些治標不治本的應對方案，例如由地方政府發放遮咳口罩、投入大規模預算研究咳嗽反應的發作機制。

然而前年十月底發生了一起重大案件，徹底扭轉僵局。一名男性良性人瘤病患者在駕駛廂型車途中，不小心聽見副駕駛座上的同事咳嗽，一時亢奮失控，開著廂型車撞進澀谷中央街的主要大道。這起意外總共造成一百零九人身亡，而且當天澀谷街上擠滿萬聖節打扮的年輕人，死者年齡全都落在十多歲到二十多歲。生活資訊節目每天都在宣揚這些死去的大學生、年輕飛特族原本還有多麼燦爛的未來，不斷批判在副駕駛座咳嗽的該名同事，抨擊政府應對遲緩。

「澀谷事件」成為人民不滿爆發的導火線，人瘤病患者相關法律不完善的批判聲浪到達最高點。日本政府在輿論督促下，終於在今年秋天，由執政黨主導通過特定傳染病防治法。

「你是在海晴市出生、長大沒錯吧？」

加峰在副駕駛座上撐著臉詢問仁太。貨車現在剛從仙台宮城交流道駛進東北自動車道。

「對啊，不過我對那塊土地沒什麼感情。前不久老爹死掉的時候，我也只是發發電報慰問，根本沒回老家。」

「你有見過那個叫做三宅的男人嗎？」

「人臉病事件發生那年我才兩歲，根本不記得啦。」

「那你就算得了人瘤病也不奇怪。」

「是沒錯。當年那場大雨好像也害我老家一樓淹水。我還真要感謝我爸媽，不然我應該早就病發了。」

仁太轉了轉方向盤，感慨地點了點頭。

「人臉病事件」，這是一場十七年前的生化恐怖攻擊，發生地點就在海晴市壘地區。主嫌名叫三宅，這個男人當時住在壘地區，是一名病毒學者。他在八〇年代中期之前隸屬於東京的S大學，專門研究如何消滅人瘤病病毒。當時三宅作為年輕病毒學者備受期待，另一方面又因為性格不羈，沒有一般醫學學者的沉穩風範，招來不少同事厭惡。一九八六年，三宅涉嫌擅自挪用研究資金，因而被逐出S大學。

三宅離開S大學後移居到沒有任何地緣關係的宮城縣海晴市，並在自家研究人瘤病病毒長達兩年。警方於事件發生後進行搜查，找到相關紀錄，發現三宅在移居前後曾經從東南亞違法進口人瘤病病毒株。

三宅移居海晴市之後，周遭人對他的評價仍舊惡劣至極。根據週刊雜誌報導，三宅移居半年後，曾將當地一名患有智能障礙的少女帶進家中。當壘地區居民發現三宅的猥褻嫌疑，幾乎是集體排擠三宅。據說三宅此時與鄰近居民發生種種紛爭，才讓他日後犯下這起嚴重的恐怖攻擊。

一九八八年十二月，三宅已滿三十九歲，他前往馬來半島旅行途中感染人瘤病良性病毒，沒多久就發病。他回國後開始繭居於自家，和鄰近居民碰面的機會變得少之又少。

又過了兩個月，節氣剛過立春。三陸海岸降下非季節性的集中豪雨，海晴市許多房屋淹水。三宅家位於高臺上，幸運免受淹水之苦，但位於沿海地帶的壘地區災情嚴重。許多居民被迫離家，在小學體育館或公民館憂心忡忡地度過每一個夜晚。

這時，三宅久違兩個月，再次出現在當地居民面前。三宅頭戴長帽簷的鴨舌帽，並用紗布口罩遮住了臉。大多數居民並未察覺三宅的異狀，只有那名智障少女時隔一年再次見到三宅，發現三宅的臉部有些脹大。

三宅前往數個避難處所，將塞滿毛毯的紙箱放在辦公室前方，又不發一語，直接離開現場。有些員工雖然覺得可疑，但仍以受凍的避難居民優先，將三宅帶來的毛毯集中分配給年長者或幼童。

半個月後，壘地區著手重建水災災區，當地居民卻陸續因為不明高燒病倒。他們的身體接連出現人臉形狀的腫瘤，顯然是集體感染人瘤病病毒。此時確認到的感染者超過兩百人，而當時壘地區居民大約只有千人，也就是每五個人就有一個人感染人瘤病，疫情極為異常。

宮城縣警察獲得S大學傳染病研究中心協助展開調查，最後查出三宅提供的毛毯中沾滿I型・II型人瘤病病毒。搜查人員隨即前往三宅住處，卻發現他在研究室上吊死亡。據說三宅被人發現時，已經死亡超過半個月。

研究室的桌上還擺著六顆腦瘤，似乎是三宅自己用小刀挖下來的。其中一顆腦瘤甚至直接切斷舌根。原來三宅的舌頭上長了腦瘤，臉頰才會看起來腫脹。

「人臉病事件爆發那時候，我才小學三年級。」加峰撐著臉繼續說：「我小時候是念仙台的小學，不過當時宮城縣內所有學校集體停課。印象中那時候實在閒到發慌。」

「那個時候壘地區被封鎖道路，整整一個月都像是陸上孤島。我自己不記得當時的狀況，後來聽說那時路上到處都看得到穿著化學防護衣的員警，簡直像是B級殭屍電影的場面。」

仁太口中說得輕鬆，但這座偏僻的臨海小鎮突然間爆發這種史無前例的怪病，加峰無法想像居民當時究竟陷入多麼嚴重的恐慌。

日本厚生省其實已經極力阻止疫情擴大，然而疫情曝光時已經有許多感染者前往縣內、縣外避難。隔離政策宣告失敗，疫情在短時間內蔓延全國各地。人瘤病傳染疫情從爆發到趨緩，流行了將近四年，確診感染人數多達二十萬人。加峰的妹妹菜緒也是其中一名受害者。

「這對當事人來說一點也不好笑。」

「『三宅』這個名字在海晴還是禁忌，到了當地不要隨便說出口喔。」

「這麼誇張？」

人臉病事件至今已滿十七年，可以想像海晴市一路走來歷經了多少苦難。這座城鎮的名字成為世界聞名的生化恐怖攻擊目標，接近半數居民外流至市外避難。但聽說居民萬一在避難地曝光自己的出生地，很可能會飽受歧視，大部分人只能對旁人隱瞞自己真正的故鄉。

海晴市積極進行設施清潔、衛生政策、增加補助金額、吸引醫院來當地增設分院，終於在十年前正式發布人瘤病病毒撲滅宣言。只要表面上不再出現新的感染者，海晴市的政策就算是十分奏效。仁太的大哥恐怕是因為當地的歷史背景，不得不販賣那名人瘤病少女。

「那個叫羽琉子的小女孩不是才十九歲？她也真可憐。」

「加峰大哥居然會這麼說，真稀奇。你平常不是都把人渣女孩當廚餘對待？」

仁太透過照後鏡看向加峰。

「我們是花錢買來那些女孩，當然要榨乾她們的價值。」

「我只希望別捲進什麼麻煩事就好。」

仁太的語氣隱約藏了些憂慮。

加峰將座椅靠背放倒，漫不經心地看著車窗外。窗外只有工廠、綠草、土壤不斷飛逝。偶爾能看到幾間賓館的褪色招牌，除此之外盡是無趣的景色。冬季和煦的陽光晒在身上，睡魔來勢洶洶襲向加峰的眼瞼。

「讓我抽根菸醒醒神。」

加峰從口袋裡拿出駱駝牌香菸，仁太卻誇張地猛搖頭。

「加峰大哥，我不能吸菸味啊。」

「搞什麼，你那氣喘還治不好？」

「老毛病了，到我掛點都治不好啦。」

仁太死命抗議，加峰只好無奈地收起駱駝牌香菸。

「那你說點什麼讓我提神。」

「這要求未免太勉強人了吧。」

「小夥子就是要多勉強才會成長。」

「對了，前天電視有播『蕾之屋　電影版』，加峰大哥有看嗎？」

「那啥鬼？A片嗎？」

「才不是。那是一部實境連續劇，沒有劇本，專門記錄七名男女在孤島的同居生活。濡濡子跟增子在電視版最後一集裡開始交往，結果兩人在電影版剛開始就突然大吵一架。你知道為什麼嗎？」

仁太興奮地說。

「我怎麼會知道。」

「因為濡濡子挖完貝殼回到住處時，臉上居然黏著陰毛啊！」

「這到底哪裡有趣了？」

「看起來很好笑啊。蕾之屋再過不久又要出電影版了，這次等了整整兩年呢。」

「無聊，我最討厭看年輕人在那裡愛來愛去。」

「還是你喜歡熱血一點的劇情？有一部叫做『食人老師』的連續劇，也很好看呢。說是有個男人在巴黎犯下吃人案，獲得不起訴處分之後當上中學老師。聽說是真人真事改編。」

「真人真事？吃人的傢伙難不成還會教二次函數？看來那國家也沒多正經。」

「我沒上過學，其實挺嚮往熱血教師故事呢。波波經理在辦公室的時候也死盯著電視看。」

「幻想故事太傷神了，不喜歡。」

「加峰大哥太挑了。不然推理故事怎麼樣？有部電影叫做『喋喋不休的駱駝』，拍得很棒耶。電影裡的駱駝都會說話，但其實都是凶手用腹語術裝出來的。」

「無聊透頂。最近的電影難不成都是找中學生寫劇本？根本提不了神，睏死我了。先讓我躺一下，到了就叫我。」

加峰擠出這句話，接著隨睡意閉上雙眼。

加峰回過神，赫然發現菜緒站在自己垂手可觸及之處。

眼前的菜緒並非年幼時的她，而是一名年過二十的女子，是現在的她。原本遭腦瘤擠壞的容貌蒙上一層陰霾，雙眼直盯著加峰，彷彿在等待自己的援手。加峰隱約察覺這裡並非現實世界。

——怎麼了？發生什麼事了？

加峰抓住菜緒的手，使勁拉過。菜緒的手指冰冷如屍體。

菜緒緩緩動了動薄唇。加峰仔細聆聽，聽見她那令人懷念的嗓音。

——我聽不到，再說一次，好嗎？

加峰將菜緒擁進懷裡，耳朵靠在她的唇邊。懷中彷彿抱著一塊寒冰，他靜靜等待菜緒的傾訴。

——救我，有——我。

菜緒的聲音嘶啞。眼眶的淚水悄悄滑落紅潤的雙頰。加峰感覺胸口一陣揪緊。

——妳怎麼哭了？有我在啊。

加峰這麼說道。然而菜緒聽了，卻像個耍賴的小寶寶拚命搖頭，顫抖著張開嘴。加峰仔細聆聽，以免漏掉菜緒的任何一句話。

——救救我。

加峰不自覺地回看菜緒的雙眼。心臟鼓譟不已。菜緒雙手抱住頭，雙肩發抖說道：

——救救我，有人要殺我。

7 紗羅

那一天是一月二十六日——創校紀念日的下午，全班所有人聯手對小紬施暴。

在那之後整整一週，紗羅等人目睹許多大人合力掩蓋學校最嚴重的醜聞。

紗羅前往教師辦公室向大股主任求救後，過了二十分鐘，小紬、丑男、樽間老師三人才被救護車送進海晴綜合醫院。小紬和丑男被診斷出嚴重外傷，需要兩個月才能康復。剩下三名中學生則是做了簡單的包紮，沒有被醫院叫去接受更精密的檢查。

新聞媒體揭露了這起鄉下學校的施暴案件，許多電視節目劇組和雜誌記者紛紛湧進校內。海晴市立第一中學被迫停課一週，紗羅只能盯著生活資訊節目打發時間。但詭異的是，新聞媒體完全不見林老師的名字，只有樽間老師被以傷害罪嫌逮捕。

事件發生三天後的星期五晚上，紗羅的手機接到陌生號碼的來電。紗羅覺得可疑之餘仍然按下通話鍵：

「紗莉嗎？我是丑男，妳現在能講電話嗎？」

話筒傳來熟悉的嗓音。

「你不是還在住院？」

「嗯，我跑在屋頂上打手機。現在醫院有點亂。」

「有點亂？」

紗羅心底起了不祥的預感。

「小紬似乎偷溜出病房了。她還得靜養一陣子啊。我原本猜想她會不會聯絡妳。」

丑男憂心地沉聲說道。

「我什麼也沒接到。」

「我知道了。現在警察和醫院都在派人找她，假如妳知道小紬去哪了，就告訴我一聲。」

丑男唸出手機號碼後掛斷電話。紗羅躺在墊被上，心不在焉地望著轉黑的手機螢幕。

小紬一定是想盡早離開這座城鎮。她繼續留在海晴，不久後肯定會大難臨頭。與其傻傻等著傷勢康復，還不如拚死逃離這塊土地。

小紬沒有聯絡自己，這確實讓人有一點寂寞，但自己根本幫不了小紬。

紗羅閉上眼，耳朵深處重新響起自己與小紬最後的對話。

——沒辦法嘛。妳也知道藪本家的大姊姊最後變成什麼樣。我這種**人渣**根本不能待在這個鎮上。

上週五，小紬倚靠在瘤塚的行政大樓旁，眼眶泛淚，這麼說道。

紗羅曾經從母親口中聽說藪本家長女——羽琉子的遭遇。九年前，海晴市才剛發表人瘤病病毒撲滅宣言，羽琉子就患上了惡性人瘤病。

羽琉子從小飽受親生父親性虐待，小學四年級就懷上父親的孩子。羽琉子的伯父雖然決定讓她墮胎，但羽琉子當時已經懷胎超過五個月，已經無法使用子宮搔刮術墮胎。院方無奈之餘只能以藥物誘發陣痛，強制羽琉子流產。

羽琉子是在墮胎後感染病毒。伯父頑固地相信只有自己救得了羽琉子，誤信四毛別醫師在電視上的說法，懇求醫院為羽琉子切除腦瘤。但是當時早已證實切除手術只會徒增腦瘤數量，醫院只能婉拒他的請求。伯父當時甚至下跪請求主治醫師動手術，他很可能患有強迫症。

伯父最後從醫師好友家中偷出手術器材，親自為羽琉子切除腦瘤。然而命運彷彿在嘲弄伯父的努力，他每切除一次，羽琉子身上的腦瘤就跟著不斷增加。派出所員警後來在巡邏時發現羽琉子，據說當時的她已經全身長滿人臉。於是在短時間內，整個壘地區都得知鎮上出現外表如怪物的人瘤病患者。

才剛發表病毒撲滅宣言，終於要重振整座城鎮的節骨眼上卻傳出這種消息。焦躁不安的居民隨即將種種不滿怪罪到藪本家。羽琉子的病況一旦公開，海晴市就得被迫取消病毒撲滅宣言。居民反對讓羽琉子住進醫院或療養院，最後只能將羽琉子關進壘地區內的廢棄房屋或公寓的空房間裡，每隔數年就改變其住處。

——妳也知道藪本家的大姊姊最後變成什麼樣。

小紬吐出這句話的時候，腦內肯定浮現羽琉子全身長滿腦瘤的模樣。

——所以小紬的肚子裡……並不是小寶寶囉？

紗羅這麼問道。小紬默默望著整齊排列的墓碑：

——假如只是小寶寶就好了。

她回答道，接著掀起防寒衣衣襬。圓滾滾的小腹露了出來。

——我好像變成人渣了。我的『那裡』長了腦瘤。

——『那裡』？是哪裡？

——就是子宮。普通人渣的腦瘤只會長在皮膚上嘛。可是醫生說有極少數案例，腦瘤會長在生殖器官上。現在我身上只有這一顆，不過之後皮膚可能也會慢慢長出腦瘤。我去仙台醫院看了X光片，『那裡』的裡面脹得圓圓的，嚇了我一大跳。

紗羅不禁啞口無言。小紬垂下眼，向紗羅解釋。

——脹得圓滾滾？腦瘤應該不會膨脹呀？

——聽說腦瘤攝取生殖細胞之後就會變大。好像也會長在男生的睪丸上。

——可是妳的腦瘤應該是良性的吧？

紗羅勉強擠出這句問句。

良性與惡性人瘤病都叫做人瘤病，症狀卻天差地遠。前者就算長出腦瘤也不會損害原本的人格，後者卻會破壞宿主大腦的神經細胞，在一、兩年內毀掉原有人格。

——我染上的是三宅I型，是惡性病毒。聽說年齡越小腦瘤成長越快，等到明年的同一個季節，我可能已經跟吸毒的廢人沒兩樣。

小紬語氣異常開朗，或許是為了隱藏自己的不甘心。

——所以真的治不好嗎？小紬要是不在了，我真的不知道該怎麼辦啊。

——少誇張了，我又不是直接病死。只不過疊地區應該是待不下去了。

——怎麼會呢?我會想辦法的。

——別說那種不負責任的話。青年會裡面可是有大半人贊成盡快殺掉羽琉子姊姊。人渣不能待在這裡。

小紬說到一半,聲音顯得有些哽咽。

紗羅心急地想說些話安慰小紬,但她想到的每一句話都像是風涼話,只能愣愣地盯著小紬的小腹。

紗羅回過神,盯著天花板長嘆一口氣。

不論小紬多麼想逃離這塊土地,一個遍體鱗傷的中學生怎麼有辦法長時間流落在外?警察早晚會找到她。

紗羅關燈蓋上棉被,試圖抹去這股難以忍受的悲傷。

隔天早上,小紬的母親被人發現遭到菜刀割喉身亡。

她並未留下遺書,不過房間內沒有他人入侵的痕跡,菜刀上也只有她自己的指紋,於是警察早早判定是自殺。

壘地區動員全區進行搜索,仍然找不到小紬。居民地毯式搜索整座釜洞山,甚至讓漁夫潛到海裡,小紬依舊不知去向。這座小鎮連電車、公車都沒有設站,極為偏僻,小紬卻像煙霧一樣消失得無影無蹤。

隔週一，學校在恢復授課前召集學生家長，舉行說明會。

大股主任口頭描述事件經過，但如紗羅料想的，內容變成樽間老師一個人酒後對學生施暴。

「那痞子捅出去年那件大簍子的時候，早該解僱他了。學校工作這麼好做，真羨慕呢。我乾脆不要做針灸師，也去當老師好了。」

紗羅的媽媽從事件隔天就向鄰居宣傳，不斷提到自己的女兒究竟遭遇多大的危險。而媽媽聽完說明會回到家中，還得意洋洋向紗羅炫耀自己接受媒體訪問。

紗羅決定去醫院探望丑男，想平復心中的煩悶。她總覺得丑男或許能告訴自己，這座城鎮究竟發生了什麼事。

紗羅徒步走了四十分鐘來到隔壁街區。自從咳嗽反應發作的人瘤病患者襲擊自己之後，自己已經五年沒有來過海晴綜合醫院。紗羅抵達兒童院區大樓時，當天的會面時間只剩下三十分鐘。

「妳要來怎麼不先打手機跟我說一聲？」

這間大病房排著六張病床，病房角落有張椅子，丑男就坐在椅子上讀參考書。他的右手還裹著繃帶，包得像一支磨缽棒，還能靈活地翻過書頁。

「手還痛嗎？」

「沒事了。手掌好像會留下燒傷，不過醫生說不妨礙日常生活。」

「抱歉，我沒帶什麼東西就來探病。」

「別在意。妳去那邊的椅子坐吧。」

丑男用左手指著長椅。

「謝謝，沒有其他家人來照顧你嗎？」

「其他親戚還忙著整理我媽的遺物。我正好也想一個人待著。不說我了，紗莉打算明天去上學嗎？」

丑男蓋上參考書，伸了伸懶腰，開口問道。

「嗯，傷口也好多了。」

「是嗎？那妳小心點。不過事情鬧這麼大，我看那傢伙應該會安分一陣子。」

「那傢伙是指林老師？」

紗羅壓低聲音問道。丑男坦率地點點頭。

「我之前不是提過，我在老爸買的雜誌上看到林老師的名字。澀谷事件發生的時候，他好像也在場。」

澀谷事件。當時電視天天密集報導這樁案件，所以紗羅還記得很清楚。人瘤病患者駕駛廂型車，突然加速衝進澀谷中央街的主要大道，撞飛超過百名青少年。電視畫面打了馬賽克，仍能見到柏油路面鮮血淋漓。那副景象深刻烙印在紗羅的雙眼裡，至今仍無法忘懷。

「我記得那個案件是兩年前的萬聖節當天嘛，所以林老師那時候待在東京嗎？」

「他好像是和女朋友一起去觀光。他們只是剛好待在中央街，沒有被車撞。不過女朋友好像打擊過大引發壓力症候群，當時懷胎四個月的嬰兒也跟著流產。而且他的女朋友是縣議員的女兒，家世顯赫。所以他們在事件發生後就分手了。」

「……所以他才那麼恨感染人瘤病的人嗎？」

「他與其說是恨，不如說是堅信消滅人瘤病患者是正確的選擇。我覺得那傢伙左手上的蚯蚓狀傷疤，應該就是澀谷事件當時留下的傷口。」

「可是警察這次只逮捕樽間老師，為什麼他們沒有抓走林老師呢？」

「因為那傢伙是海晴海產久瀨總經理的姪子。」

丑男理所當然地說道。

「總經理的姪子？」

「對，是老爸告訴我的，一定沒錯。他說壘地區的海產加工業者，有九成是海晴海產旗下的子公司。當時資本比較少的公司受到人臉病事件影響，幾乎全都倒閉了。這座城鎮只有海和山，反抗海晴海產根本沒辦法活下去。海晴市的副市長也是總經理久瀨的遠親。」

「那林老師只在繼續待在這裡，他就能為所欲為嗎？」

「只要他沒殺人，應該是吧。派出所的金田警官也是在這裡長大的，他應該很清楚內情。」

紗羅腦內再次浮現那個畫面。同班同學在林老師的煽動下痛毆小紬肚子。他們看似被林老師洗腦，但或許有的同學是為了保護家人，逼不得已揮拳相向。

「結果最後只有紗莉沒有出手打小紬。一想到這一點就讓人鬱悶啊。」

「……我爸爸被逮捕的時候，只有小紬在身邊支持我。我不能背叛她。」

「原來如此。算了，我們再忍兩年就畢業了。我們只要離開這座城鎮，就能跟這種處處受限的生活說再見了。紗莉也好好考慮一下升學吧。」

丑男向後靠在椅背，凝視窗邊搖曳的窗簾，以及外頭火紅的夕陽。

隔天，紗羅重新回到學校生活。

早上的班會改成全校集會，不過校長只是念完不知從某處聽到的反省辭，過不了十分鐘就結束了。林老師也如丑男所說，若無其事地繼續站在講臺上。

「只要大家團結一心，一年A班仍然是所向無敵！不要把新聞媒體的說詞放在心上。我們一定能一起度過任何難關。」

老師老樣子講些讓人雞皮疙瘩掉滿地的臺詞，不過他沒有主動提到案件詳情。如今這件事鬧得眾所皆知，他或許也稍微反省自己的作風。丑男半個月後出院，繼續回到教室上課，日常生活仍舊風平浪靜。

紗羅意外發現，學校無聊的日子和以往並無不同。扣除其中一點，她身後的座位再也看不見小紬的身影。

季節輪轉，紗羅在四月升上二年級。

她和丑男一樣被分到C班，美佐男和國雄則是轉到隔壁的B班，小紬的座位隨著分班從此消失。

二年C班的班導師叫做尾島，是一名四十多歲的女教師，她總是掛著厭世又憂鬱的表情。這樣的教師碰到稍微偏激的學生，一不小心就會被學生騎在頭上，幸好C班比較少問題學生，新班級的學生生活一如往常的平靜。

唯一不同的大概是丑男，他在每月二十四號的下午會請假。丑男還老實遵照習俗，在家人的月忌日念誦壘菩薩經。丑男的母親是在下午三點四十分去世，時間正好和下午的班會重疊，只能請假。

紗羅只有看丑男每月一次的早退，才會回想起那起事件。人就是可以如此輕易淡忘腦中的記憶。

她懷抱著感傷，迎接中學生活第的二次冬天。

然而，紗羅卻在出乎意料的情況下與小紬重逢。

8 加峰

加峰睜開眼時，貨車正緩緩穿梭在杳無人煙的山野間。車子不知不覺已經離開高速公路。他睡得渾身是汗，襯衫緊黏在背部。

「再過十五分鐘就要到囉。」

仁太盯著山路說道。

加峰深吸一口氣，回想菜緒剛才的話語。他明白那只是一場夢，卻不自覺思考那句話的涵義。

菜緒說有人要殺自己。她現在應該躺在「Heartful 永町」的三〇七號房，在看護的照料下寧靜度日。究竟是誰為了什麼原因想殺她？

菜緒已經不是第一次出現在加峰夢中。「摘瘤小姐」遭遇火災休店時，加峰每晚都會莫名其妙夢見菜緒。夢中的菜緒總是梨花帶雨，焦急地向加峰求助。

「真是想也想不通。」

加峰沒讓仁太聽見，悄聲低喃了一句。

貨車在山路上行進大約十分鐘後，視野忽然開闊起來，貨車也駛進柏油路上。

這條路似乎是鎮上的鬧區，路旁排著一間間旅館、餐廳、藥局。街道上覆蓋絲絲雲霧，看起來比外表更冷清。一名中年男人裹著跟海蛇一樣長的圍巾，騎著機車緩緩通過馬路。

「那個叫羽琉子的女人住哪？」

「我之前問過了，但是我哥不告訴我。只要我一到海晴就去一趟派出所。」

汽車駛進街道，理髮店和米店中間出現一棟奶白色平房，屋齡看起來似乎很新。鋁門旁掛著牌子，上頭寫著「海晴警察局壘派出所」。平房窗戶鑲有霧面玻璃，從外頭看不清屋內的狀況。平房內側的停車場停著一輛巡邏車。

仁太將貨車停在路旁，一臉緊繃，急促地吸氣又吐氣，重複了好幾次。

「加峰大哥在這裡等我吧，我去叫我哥出來。」

「沒問題嗎？假如他又給你找了什麼大麻煩，記得馬上回來跟我商量。」

「我知道了。」

仁太點點頭，離開駕駛座，直線走向派出所。車門關上前幾秒，一股海潮香氣掃過鼻尖。

加峰盯著派出所看了好一陣子，仁太卻遲遲沒回來。海風吹過，貼在電線桿上的傳單一陣飄動。加峰正打算伸出手指按按看故障的汽車導航，駕駛座上忽然傳來震動聲。仁太把手機忘在座椅上，現在正隱隱震動著。

是女朋友傳簡訊來嗎?加峰好奇之餘拿起手機，螢幕上的畫面卻讓他吃了一驚，忍不住懷疑自己是否看錯。一張照片塞滿了整面手機螢幕。一具如力士般肥壯的女屍沉入泛黃的浴缸。

仁太該不會把這女人壓進浴缸，殺死了她?

加峰腦中浮現不妙的想像，但定睛一瞧，螢幕顯示的是一個國外網站，網站裡專門收集屍體照片。網站裡排滿令人作嘔的圖片，例如被電車輾過的幼童死屍、被槍打爛下巴以上的西方人屍體等等。仁太一臉人畜無害，居然有這種駭人的興趣。

「白痴，手機記得上鎖啊。」

加峰扯了扯苦笑，正想把手機丟回座椅，一張照片忽然竄進他的視線之中。

那是一具焦屍的照片，屍身黑如木炭。照片畫質異常清晰，屍體胸口的起伏能看出是女性。頭部燒得露出顱骨，燒焦的衣服沾黏在身上。

加峰細看螢幕，吞了口唾沫。他很肯定自己對照片上的火災現場有印象。照片上扭曲的幾何圖案裝潢，和「摘瘤小姐」的三號房一模一樣。

這是警方拍下小鈴的屍體照片，可能是由於不知名原因外流，被登在國外網站上。仁太並非愛看屍體照片，他一定是在蒐集火災案件情報，偶然找到這個網站。

加峰把手機扔回駕駛座，打開車窗，從窗縫吸了一口新鮮空氣。他是第一次目睹焦屍，那具女屍與身上和焦得像海苔的衣服牢牢烙印在視網膜上。加峰感覺腸胃一陣翻攪，心情沉重無比。

仁太跑去派出所後，差不多消失了二十分鐘。此時鋁門開啟，門內終於出現兩個男人。一個身著熟悉的卡其色風衣，另一個是穿著深藍色制服，長相年輕。這男人長相、個頭都和仁太相仿，不過他嘴邊留了八字鬍，給人的印象完全不同。

兩人在花圃前道別，制服男獨自走向平房後方的停車場。

「怎麼了？你臉色好難看。」

仁太直盯著加峰，小聲嘀咕。

「沒什麼。剛才那個鬍子老爹就是你大哥？」

「是啊，我哥叫做金太。」

「那張臉當然當不成法醫，地下錢莊的保鑣比較適合他。」

「是嗎？信用金庫的課長其實都長著那樣一張臉啊。羽琉子好像在一個叫壘住宅區的地方，我哥會開巡邏車幫我們帶路。」

「壘住宅區？」

「海邊大概有十五間海產加工廠，工廠員工好像都住在那個住宅區。就在附近而已。」

貨車載著兩人，跟在巡邏車後方開向馬路。

兩輛車穿過大街進入住宅區，五分鐘後來到了出海口。停泊在港邊的漁船隨著海浪搖曳。海鳥在空中盤旋飛舞。

「對了，聽說等下要去的壘住宅區裡好像鬧鬼喔。」

「鬧不鬧鬼甘我屁事。這城鎮以前死這麼多人，沒鬧鬼才怪。」

「你認真點聽我說啦。不知道你記不記得，壘地區的學校今年一月鬧出施暴案。當時其中一名被害人就住在壘住宅區裡，是個女孩子，聽說到現在還下落不明。後來女孩媽媽也自殺了。然後現在住宅區內一到深夜，就會從某處傳來那個女孩子的哭聲呢。」

「抱歉，我沒那閒工夫管女鬼會不會來糾纏。除非她跑去附在羽琉子身上。」

仁太聽加峰答得冷漠，也只能不滿地嘟起下脣。

貨車繼續開了十分鐘左右，燈號忽然轉為紅燈，跟丟前方的巡邏車。

「噢，我知道地址，跟丟了也沒差。」

加峰看了看車窗外，巨大的海產加工廠沿著海岸線一字排開。寬廣的停車場上停著約兩百輛汽車，大多是貨運卡車或自用車。仁太在工廠前方彎進山間小路，立刻就抵達目的地壘住宅區。

「這是住宅區？」

十棟四層樓高的集合住宅沿著山坡排成階梯狀。外牆呈淡黃色，色澤有如褪色的舊書，外側處處看得見顯眼的裂縫與汙漬。

「這小鄉下的住宅區規模跟首都的國營住宅不一樣啦。這裡好歹也住了一百五十人左右呢。」

巡邏車停在最前方的建築物旁，大門走出五、六名皮膚黝黑的青年，似乎在等待一行人到來。金太走出巡邏車，跟其中一名青年低聲說了些話之後，走向兩人。

「羽琉子在A棟裡面的房間。請你們先跟一個名叫藪本的男人見面，結束之後再帶你們去見羽琉子。」

兩人走下貨車。金太淡淡對兩人說道。

「那是誰？」

加峰插嘴問道。

「藪本是羽琉子的伯父，也是她唯一的親人。我們已經跟藪本提過這件事，不用擔心他反對。」

金太並未看向加峰，直接回答。

強烈的海風吹得兩人直發抖，走向外牆標有「A棟」的建築物。那些黝黑青年則是陸續跟在三人身後。A棟的入口放著一輛鋁製臺車。

「我說金太，警察制服感覺挺適合你的啊。」

其中一名黑膚男一邊走，一邊對金太低聲說道。這名駐警平時似乎不會做正式打扮。金太有氣無力地回了句話，不過加峰沒聽清楚內容。

一行人通過雙開大門，走進陰暗的走廊。轉過轉角後，一名十歲左右的男孩一頭撞上加峰的腰，狠狠摔一跤。

「小心點啊。」

加峰望向腳邊，只見一個頂著短龐克髮型的褐髮男孩哭喪著臉，跌坐在地上。男孩抱著球棒和手套，應該是要出門打棒球。加峰嘖了一聲，男孩球根般的臉蛋頓時脹紅，快步跑回走廊另一端。

「兩位，這邊請。」

金太領著兩人走進一間小房間，裝潢看起來像會議室。房間中央擺著一張長桌，長桌上排著文件，應該是買賣契約。一名老人垂肩駝背坐在長桌正面。他鑲在皺紋深處的雙眸充血泛紅，手掌握拳，掌中捏著皺巴巴的手帕。

加峰和仁太聽從金太邀請，與老人面對面坐下。那群黑膚青年則是在牆邊排成一排，雙眼瞪著兩人。他們是老人的保鑣？

「啊……這位就是仙台那間公司的幹部嗎？」老人抖著沙啞的嗓子開口：「勞煩您大老遠來到這窮鄉僻野，我這老頭子還沒辦法親自迎接，真是不好意思。」

「這位藪本先生算是羽琉子的監護人。只要藪本先生簽署貴公司之前送來的契約書，這次買賣就算是成立了。」

金太的語氣仍舊冷漠。

「我明白了。賣方當初表示願意由我方開價，只要各位遵守這個條件，我方不會有任何意見。」

加峰謹慎斟酌用詞，再次強調公司的條件。波波早就在事前寄去的契約書上簽名了。

「我想請教您一個問題。」

藪本缺了牙的齒列喀喀作響。

「請說。」

「我只擔心羽琉子去了仙台，會不會挨打或碰到什麼不好的遭遇。假如羽琉子被人虐待，我實在沒臉見死去的妹妹。可否麻煩您保證公司會善待羽琉子？」

加峰身後的青年不耐煩地敲了敲鞋跟。看來現在的狀況大概是——眾青年打算賣掉羽琉子，只有藪本遲遲不點頭。

加峰想起小鈴生前的模樣。人瘤病患者是按摩店重要的商品，店家當然會善待商品。但店家若是認為某些買賣能帶來龐大的利益，自然會臨機應變，當初將小鈴賣給蟲子就是一個例子。假如羽琉子就這麼倒楣，很難說她會不會全身被滴蠟虐待之後葬身火海。

眼下當然不能向老人坦承這個事實。加峰不動聲色，開口說道：

「本店獲發正式的營業許可證，是警方認可的優良店家。絕不會讓店裡的小姐提供違法服務。現在也有許多女孩笑容滿面地在本店工作，還請您放寬心。」

「我很想相信您，不過之前貴店曾讓年輕女孩死於火災。我很擔心羽琉子的安危啊。」

加峰一時慌得差點變臉色，趕緊咬住嘴脣掩飾。藪本似乎知道「摘瘤小姐」那場火災。

「話雖如此，任何工作場合都可能遭逢火災或意外。您無憑無據認為特種行業都很危險，代表您對這個業界抱有偏見。日本國內存在兩萬間特種行業相關店舖，女員工多達三十萬人。假設近年只有這起意外造成女員工死亡，代表這一行已經算是十分安全了。」

藪本低頭沉默良久，抬起頭，長嘆一口氣。

「我明白了。我不太懂那些複雜的道理，不過我相信您。」

身後的青年紛紛鬆了口氣。

金太拔開原子筆的筆蓋，將筆遞給藪本。藪本布滿皺紋的手握住筆，在契約書上緩緩簽上名字。

「買賣金額是多少呢？」

「我看過羽琉子之後再決定，麻煩您先空下那一欄。」

藪本放下筆後，黑膚男子拿起契約走向複合事務機。
「那我現在就帶兩位去見羽琉子，這邊請。」
金田面無表情走出房間，兩人跟隨在後。
加峰回到那條陰暗的走廊，便看到一〇三號室房門開了條縫，那名長得像球根的男孩直瞪著自己。那男孩似乎很討厭加峰。加峰回瞪一眼，男孩馬上縮回門內。
一行人沿著走廊前進。清脆的腳步聲迴盪在整個空間裡，與海邊傳來的汽笛互相交織。一行人抵達最深處的一〇五號室，金太默默回頭一看，插入鑰匙，轉開門把。
「——」
一股劇烈惡臭直衝鼻腔。簡直像是把屎尿跟恥垢一起燉煮凝結後，才產生這種臭味。
房內窗簾緊閉，一片黑暗，**那東西**倚著牆壁坐在房裡。
「她就是羽琉子。」
金太無動於衷地說。
那玩意的外型宛如一串巨大葡萄。普通葡萄是數顆果實組成一串，這東西卻是超過兩千張小人臉互相堆積、擠壓，組成一具奇形異狀的怪物。甚至找不到原本的臉孔與手腳。怪物不時發出比腸鳴低沉數倍的重低音，聽起來如同深淵傳來的詭異聲響。
「你們是不是搞錯了？我們要的不是怪物，是能當按摩店小姐的人渣啊。」

「沒有搞錯。」金太毅然決然地說：「她的確染上惡性人瘤病毒，也是一名普通的十九歲女孩。」

「普通？開什麼鬼玩笑！一般病人頂多長上十幾顆腦瘤。這玩意不是人類，只是一團垃圾！」

「請您注意一下口氣。我事前已經向弟弟聲明，這女孩的腦瘤就是比較多。貴公司是了解內情後才簽約，因此我方並不算違反契約。」

金太說道，語氣冷淡得像是在背劇本。他可能早就設想過加峰這方的反應。

房間角落擺著類似澡盆的圓形容器，裡頭裝滿像是海邊撈來的泥巴。容器邊緣爬滿葉螨。海蟑螂似乎和泥巴一起被人挖出來放進容器，整團泥像蛆蟲一樣蠢蠢欲動。

羽琉子微微起身，大量腦瘤中竄出一隻纖細手臂，直接插進澡盆。烏黑液體從容器邊緣擠了出來。手臂撈起海蟑螂，再次縮回無數腦瘤內部。加峰看不出羽琉子的頭部藏在哪裡，卻聽見一陣咀嚼聲。那應該是羽琉子在咀嚼海蟑螂。

「這團垃圾根本賺不了錢。這是詐欺！堂堂一名警察竟敢帶頭詐騙人民？」

「她的確是普通女孩，麻煩您盡快決定價格。」

「說什麼屁話！你們會餵普通女孩吃海蟑螂？」

「我們只是參考醫生建議，提供羽琉子富含鈉與鐵質的海泥。」

「你腦子有問題，那你今晚何不拿泥巴當晚餐？」

「請別扯開話題。」金太不耐煩地反駁，雙眼不偏不倚瞪向加峰：「我再重複一次，買賣契約已經成立。我不願意在親生弟弟面前烙狠話，但假如貴公司不願履行契約，我方也會採取必要措施。」

場面沉默了數秒。金太刻意朝房外那群凶惡青年使了使眼神。

加峰再次觀察羽琉子全身上下。不論一個人性癖如何扭曲，都不可能會想和超過四公尺高的怪物做愛。這種怪物光是養在店裡就會費上大把工夫，想來只能找個方法殺掉了事。恐怕金太等人也不認為羽琉子能當按摩小姐。

「五十日圓。」加峰瞪著金太的眉間，答道：「就施捨你們五十日圓做個了斷，老子不想再見到你們這幫混蛋。」

「我明白了。那麼請在一週內匯款至藪本先生的帳號。」

金太說完，從制服內袋取出一張紙條遞給加峰。泛黃的便條紙上寫著某個陌生區域銀行的銀行帳號。

「交易完成，麻煩各位將羽琉子搬上貨車。」

看來對方早就安排好所有細節。那群黝黑青年將鋁製臺車推進屋內。他們戴上麻布手套，四人皺著眉頭合力抱起羽琉子。羽琉子的身體不斷滴下液體，那些液體色澤如痰液，又黃又綠。他們把羽琉子放進臺車之後，用塑膠保護墊遮住羽琉子全身，接著抓起鐵管握把推出屋外。

加峰和仁太隨後跟著離開房間，聽從金太指示打開貨車櫃門。那群男人再次抬起羽琉子搬向鋁製貨櫃，最後半摔半放地將羽琉子扔進貨櫃。貨櫃內的木紋內板吱呀作響。

「事到如今，說這話或許有些厚臉皮。」

加峰兩人正要坐進車內，身後的金太忽然開口。金太一改至今念臺詞般的冷硬語氣，語調稍微多了點情緒。

「什麼話？」

「舍弟就麻煩您多多關照了。」

金太脫下警帽，深深一鞠躬。加峰沒心情理會，嘖了一聲坐進副駕駛座。

「這城鎮真是爛得跟屎一樣。」

「抱歉，都是我害的。沒想到我哥會耍這種把戲。」

「你用不著道歉。我們快點逃出這座鬼城鎮，想個好法子扔掉那團垃圾。波波應該能想個不錯的點子。」

加峰整個人靠上靠背，從口袋裡拿出駱駝牌香菸，點上火。

那群晒黑的青年心滿意足地看著貨車駛離住宅區。加峰凝視後方，那名叫藪本的老人並不在人群裡。

貨車離開壘住宅區，沿著海岸線往反方向前進，回到派出所所在的大馬路。街道上仍然人煙稀少，只有一個駝背老太太柱著拐杖走在人行道上。

貨車碰上紅燈，停了下來。加峰無意間看向電線桿上的傳單。一張褪色的電影海報上疊了另一張傳單，似乎是疊住宅區的第一屆居民招募公告。

「你喜歡的就是那一部電影吧？」

「啊？」

「我說那部『蕾之屋　電影版』。沒想到這種小鄉下竟然有電影院——」

呼吸頓時一滯，整個世界隨之扭曲。

不對勁。

燈號轉藍，貨車緩緩前進。

加峰猛然起身，把右半身擠進駕駛座踩下煞車。車體一陣上下搖晃，身體撞上座椅。

「你、你突然間搞什麼？」

「這是我要問的。」

貨車衝出車道分隔線，一輛機車霎時間閃避不及，打滑倒下。裹著海蛇狀長圍巾的中年人直接摔了出去。同時傳來輪胎摩擦柏油路面的聲響。

加峰拉起手煞車，關掉貨車引擎，一手扯起駕駛座上那名男人的衣襟。

「——混蛋，你到底是誰？」

9 紗羅

「壘地區青年會的人等一下有重要事項要向各位同學說明。請各位先留在教室裡，不要離開。」

現在是十二月中旬的星期五，樽間老師的施暴案發生後已經過了十一個月。寒假近在眼前，同班同學個個興奮不已。而今天，尾島老師語氣生硬地向全班宣布。

平時最後一堂課應該會在下午三點五十分結束。不過英文課拖太久，現在早就超過放學時間了。換成國雄那類不良少年，說不定會無視班導，直接離開教室。幸虧二年C班的學生沒有這麼放肆。

壘地區青年會找他們這群中學生有何貴幹？紗羅對他們沒什麼好感，印象中就是一群深夜會在漁港嬉鬧的年輕小混混。

「同學們，抱歉囉！耽誤你們一點時間。」

尾島老師前腳剛走出教室，下一秒換成林老師走了進來。紗羅心臟一陣猛跳。她看了看斜前方的座位，丑男的神情也十分緊繃。

「我今天請來青年會成員為同學做個健康檢查。雖然有點突然，麻煩大家配合一下喔！」

三名晒黑的青年跟在林老師後頭進到教室。一個是中等身材的男人，身上的襯衫前方大開，胸口的刺青看起來像是納斯卡地畫；另一個男人則是身材粗壯，平頭上還剃了個日文假名的「メ」字；最後一個則是染了一頭紅髮的女人，她的眼妝濃得像毛毛蟲。

「等等，健康檢查是什麼意思？」

班長公太馬上出聲抗議。

「我們不會傷害大家的。我想大家都知道，壘地區在十七年前曾經爆發人瘤病大流行。許多大人至今努力防範，就是希望避免悲劇再次發生。市長在十年前發表的病毒撲滅宣言，就是眾多市民努力的成果之一。」

林老師的左手插在口袋裡，環視整間二年C班教室。紗羅腦中再次浮現一年級發生的種種情景。

「但是這裡偷偷跟大家說，最近幾年壘地區又出現新發病的人渣，代表這座城鎮裡的疫情還沒結束。所以我們今天要來幫大家檢查一下，看看有沒有人得了病卻隱瞞病情。」

「我們都有接受學校的健康檢查。」

公太繼續舉手發言。林老師聳了聳肩，苦笑道：

「校方沒有強迫大家接受檢查。聽校長說，校內健康檢查的受診比例只有七成以下。我們其實非常不願意逼迫大家，但這麼做是為了這座城鎮的未來，更是為了各位的將來著想。來，首先從女同學開始。男同學請到教室外面。」

林老師打開教室大門，催促男同學離開教室。同學一個個面面相覷，接著順從地走向走廊。最後一個同學走出去之後，林老師、納斯卡、「ㄨ」字男也隨後走出教室。

「好了，我們開始愉快的檢查時間囉。妳們趕快脫光衣服，我會好好幫妳們檢查檢查。」

毛蟲女留在講臺上，手指輕敲黑板。她的紅髮沾上一堆粉筆灰。

女同學不滿地竊竊私語，最後無奈地開始解開制服鈕釦。

「嗯？妳幹麼戴著遮咳口罩？」

毛蟲女在教室來回審視，雙眼忽然轉向紗羅。紗羅頓時冷汗直流。

「我有氣喘，天生的。」

「太可疑了！這個班裡沒有人渣吧？妳何必戴口罩？」

「……我是自己想戴口罩。」

紗羅冷漠地回答。眼前的女人感覺沒什麼腦筋，紗羅根本不想向她解釋自己六年前在海晴綜合醫院的遭遇。

「哈哈哈，莫名其妙！我們現在可是在找人渣，快點拿掉。」

毛蟲女立刻伸手，打算拔下紗羅的口罩。耳邊隱約聽見數根頭髮脫落的聲響。紗羅用右手壓住臉，揮舞左手抵抗。毛蟲女卻將紗羅的頭用力壓向書桌。紗羅的鼻梁頓時一陣劇痛。接著毛蟲女強行扯下遮咳口罩。

「快住手！」

「想求饒？太慢了，妳敢反抗就等著受皮肉痛。大家也給我記好囉。」

毛蟲女把遮咳口罩揉成一團，扔進垃圾桶。

紗羅遮住臉低下頭，咳意從喉嚨深處湧了上來。肺部一陣熱燙，像是肺燒焦了似的。她張口想深呼吸，卻咳得更加劇烈。

「好、好難過……」

「又怎麼了？這次換成裝病？笑死人了。最近的小屁孩都把大人當成白痴耶。」

紗羅途中開始漸漸聽不到毛蟲女的譏諷。她呼吸困難，一邊猛咳一邊按住胸口，無力地蹲下身。眼前黑白閃爍，喉嚨乾渴劇痛。

「救救、救救我……」

「傻女孩，妳還要裝嗎？」

「喂！妳在幹什麼！」

大門唰地打開，門外傳來丑男的怒吼。

「呀啊、色狼！變態！垃圾！去死啦！」

「紗莉有氣喘啊！妳吸到粉筆灰了，我們趕快去保健室！」

丑男將紗羅的雙手繞到自己的肩膀上，背起紗羅。

「幹麼，你們有一腿嗎？區區中學生，還真早熟。」

「閃開啦！」

丑男一打開門，就看到林老師雙手抱胸站在眼前。身後還能聽見毛蟲女高聲大笑。

丑男不由得屏住呼吸，停下腳步。

「你在做什麼？」

「紗莉氣喘發作，我要帶她去保健室。」

林老師面帶微笑，直視著丑男的雙眼，接著裝模作樣地垂下肩膀。

「C班真是一盤散沙呢。以前的學生現在居然變得如此自作主張，老師覺得好丟臉。」

丑男無視林老師的發言，直接奔出走廊。同學議論紛紛的聲響逐漸遠去。

「加油，再忍一下就好。」

丑男回過頭鼓勵紗羅。他背著紗羅走下中央樓梯，走向前方的走廊，經過走廊上並排的教師辦公室和校工室，接著拉開保健室拉門。消毒水的臭味鑽入鼻腔。

「你們為什麼會在這裡！」

班導師尾島老師高亢地大喊。她和保健室的長谷部老師都是四十歲左右的中年女性，兩人似乎正在閒聊。尾島老師從圓椅上起身，激動地責罵兩人。

「難不成你們反抗林老師，擅自逃到保健室來嗎？現在就給我回去教室！」
「老師，我們不是——」
「就是這麼回事。好了，快點回去！」
尾島老師將兩人推出保健室，拉上拉門並且上鎖。丑男馬上握拳敲門。
此時，紗羅眼角望見納斯卡和「メ」字男。兩個男人正東張西望，沿著走廊往丑男與紗羅的方向走來。
「丑男，快、快躲起來！」
「咦？」
丑男一看到那兩人組，反射性打開走廊窗戶，身體一翻跳出窗外。紗羅拉著丑男的手，小心跨過窗框。丑男去年被林老師燙傷右手，現在手掌摸起來異常平滑。
「——聽說會長的兒子也念這間學校。」
「還不是因為其他學校倒了，他只剩這間學校能念。不過那傢伙實在笨到有剩。聽說他笨過頭，連同班同學給他取的綽號都是『蠢蛋』啊。」
「中學生不都一群笨蛋，怎麼都找不到那對笨情侶啊？」
「他搞不好把女同學帶回家猛吸奶子咧。」
「嘔噁，那小女生的奶頭吸起來，大概像是嚼了半天的口香糖吧。」
丑男等兩人的訕笑消失在樓梯的另一端，這才戰戰兢兢地站起身。

「紗莉，妳的咳嗽好了嗎？」

「嗯，吸了外頭的空氣就好很多了。謝謝你。」

紗羅仍然低著頭，輕輕抿了抿雙唇。沒想到自己居然反常地羞紅了臉，一時不敢抬臉。

「那個姓林的混帳，上次施暴案之後還以為他變老實了，這次居然和青年會聯手搜索人渣。看來他對人瘤病患者是恨到骨子裡了。」

「我們現在該怎麼辦？要回教室嗎？」

「我們今天先回家吧。現在回教室不知道他們會怎麼整我們。等到星期一風頭過了再說。」

丑男露出微笑安慰紗羅。他的黑髮上還纏著蜘蛛絲。紗羅的氣喘明明已經緩和下來，心臟卻撲通撲通跳個不停。

「也是──」

紗羅忽然感覺頭頂滴到某種微溫的液體。要下陣雨了嗎？她抬頭一看：

「找到笨蛋情侶啦！」

納斯卡和「メ」字男從二樓窗戶俯視著兩人。納斯卡噘著嘴狂噴口水。

「紗莉，快逃！」

丑男急忙奔向校門。紗羅正想跟上去，焦急之餘雙腳一絆，直接摔在草地上。臉頰狠狠磨過土壤。

「哈哈哈，沒味道的口香糖女摔了個狗吃屎啦！」

頭頂傳來納斯卡的聲音，緊接著「咚！」的一聲，地面猛地一震，「ㄨ」字男忽然出現在眼前。這傢伙似乎是從二樓窗戶跳下來。

「我們根本沒有得人瘤病，為什麼要緊追著我們不放？」

丑男回頭大喊。「ㄨ」字男傻傻地看了看兩人，接著愉快地放聲大笑。

「你們是不是人渣根本沒差。老師只是拜託我們狠揍你們一頓。我們也有家人要養，拿人錢財只能乖乖照辦。該從哪個先開始咧？」

「何必對那種人言聽計從，你們根本瘋了吧！」

「哈哈哈，一個中學生倒是挺聰明的。」「ㄨ」字男拍著手譏笑：「這座城鎮從十七年前開始就瘋到不行啦。先從女的開始吧。」

「住手！」丑男堅決地喊道：「不要對紗莉動粗！」

「齁齁，酷斃了。那就從你開始——」

「來這裡！」

紗羅耳邊忽然傳來陌生的嗓音。

紗羅還來不及回頭，某個人隨即抓起她的手，拔腿狂奔。紗羅的腳還不聽使喚，只能勉強站穩身子。一名陌生男人正緊抓著自己的手。

「怪了，女的咧？」

遠遠還聽得見「メ」字男傻楞楞的聲音。

紗羅跟著男人穿越主校舍與體育館之間，瘤塚隨即出現在眼前。圍欄另一邊陳列著一排排冷硬的墓碑。男人跑向管理所的不銹鋼門，從口袋拿出鑰匙串。他的右腳不小心撞倒魚腥草盆栽，盆栽整個翻了過來。男人打開大門，帶紗羅一起進到管理所之後，馬上鎖上門。

管理所內部和校長室差不多寬，櫃子上的文件井然有序。辦公桌上放著登記簿，瓦斯暖爐上方放著一個熱水壺，正發出尖銳的鳴笛聲。紗羅鞋也沒脫，無力地癱坐在地。

「這個先借妳。」

男人從櫃子上拿出遮咳口罩，並對紗羅說道。紗羅道了謝，接過口罩，深呼吸之後將口罩掛上左右耳。

「……你是、瘤塚的管理員嗎？」

「對。我叫做芽目太郎。我十五年前辭掉海晴海產的工作之後，就在這裡當管理員。妳叫什麼名字？」

「大家都叫我紗莉。」

「妳果然就是紗莉。放心吧，我不會害妳的。」

這名叫做芽目太郎的管理員年過四十，是一個矮小的男人。他滿臉鬍碴，頭上的毛線帽又幾乎蓋住眼睛，乍看之下有些詭異，但仔細一瞧就會發現他長得十分英俊。他不是學生，卻穿著海晴市立第一中學的紅色學生運動外套。外套尺寸整整大了兩號，衣襬還長到拖地。

「你為什麼要救我？」

「我想想該從哪裡開始解釋。其實我上個月開始就一直到處找妳。」

「你認識我？」

「嗯，不過我只知道妳的名字。我聽到妳的好朋友在喊妳的名字，就繞到體育館後面偷看了一下，正好看見青年會的混混攻擊你們兩個人。我想要是對你們見死不救，之後可就沒臉見她了。可以的話我也想兩個人都救，但是剛才只來得及救妳。」

「……沒臉見她？」

「跟我來吧，有人想見妳。」

芽目太郎敲了敲膝蓋，站起身。他身上的運動服同時捲了起來，露出圓滾滾的凸肚臍。

他拉開管理所內側的拉門，前方是一條鋪著木地板的走廊。暗紅色夕陽從窗戶灑進屋內。走廊上有三扇門，門邊各自掛著三個手寫標示牌，分別是「倉庫」、「休息室」以及「廁所」。

紗羅跟在芽目太郎身後，惶惶不安地沿著走廊前進。轉過轉角，眼前出現一座三社合一（註2）的神龕。

「這是什麼？」

「妳等等。」

芽目太郎彎下腰，手指插入地板的小縫。接著喀噠一聲，他拆下了木板。神龕下方出現一道通往地下的階梯。

「這裡有地下室？」

「對。這應該是以前的管理員挖的，用來儲存地藏菩薩的供品。嚇到妳了？」

芽目太郎笑了笑，看起來就像一個頑皮的孩子。此時，神龕上的金屬水瓶掉到地板上。紗羅這才發現神龕的位置往右上傾斜，看起來有點歪歪的。紗羅正要伸手撿起水瓶，芽目太郎卻伸出左手制止她，快速將水瓶收進口袋。

「好了，我們走吧。」

芽目太郎單手拿著手電筒，走下樓梯。紗羅遲疑地跟在後頭。樓梯比想像中還要深入地下，兩人往下走了大約五分鐘，終於見到一扇木門。

「啊。」

小小的金屬扣應聲落地。芽目太郎隨即彎腰撿起金屬扣，塞進口袋。

2　為日式神龕的代表性造型之一，神龕裡分別供奉三尊神明的神符，中央是天照大神，右邊為該地區的土地神，左邊則是個人信奉的特定神明或神社。

「紗莉，妳看到了？」

芽目太郎回頭望著紗羅。

「看到什麼？我什麼都沒看到。」

「紗莉妳……」芽目太郎握住門把，有些尷尬地說：「該不會已經發現我的祕密了？」

「你、你在說什麼？」

「抱歉，別在意。」芽目太郎急促地說：「有個女孩子住在這扇門後面。先解釋一下避免妳誤會。我並沒有把那女孩關在這裡。那起施暴案之後，鎮上的居民發了瘋似地想找到她。我只能讓她住在這裡，方便保護她，她自己也同意這麼做。」

芽目太郎轉開門把，將門拉向自己這一邊。紗羅感覺心中一陣躁動，這股躁動既非不安也非期待。

「你說的女孩子，該不會是──」

芽目太郎按下牆上的開關，橘色的電燈泡照亮整間地下室。

這間地下室約兩坪大，相當狹窄。房內擺設許多生活必需品，如桌椅、電視、書架、床鋪等等。一名少女身穿睡衣，睡在房間左側的床上。

「就是小紬。她現在身體還不太好，發了點燒。她一直很想見妳。」

芽目太郎緩緩說道。

紗羅一回過神，發現自己已經搖搖晃晃地來到床邊。女孩的肌膚紅得像是水煮章魚，輕輕發出呼吸聲。她的確是小紬，膨脹的小腹和十一個月前一模一樣。床頭櫃上放了古龍水，小紬全身仍散發一股臭味，彷彿汗水與經血交雜而成的騷臭味。

「小紬，是我。快醒醒。」

紗羅想搖醒小紬，但當她摸到小紬左肩上的凸起，下意識縮回了手。原本平滑的肩膀長出明顯的凸起。紗羅害怕地拉下睡衣的衣領，發現小紬左肩上長了十公分大小的腦瘤。

「嘛。」

小紬微微睜開眼睛，茫然地看向紗羅。她從床上坐起身，右手伸了過來。

「小紬，我好高興。我還以為再也見不到妳了。」

「媽媽。」

小紬握住紗羅的手，語氣不變。

「咦？」

「媽媽、媽媽、媽媽、媽媽。」

「不對，我不是妳媽媽。」

「媽媽、媽媽、媽媽、媽媽。」

小紬像是一臺跳針的錄音機，不斷喊著「媽媽」，嘴角微勾，走下了床。鬆開的衣襟內出現另一顆腦瘤。

「她今天果然狀況不太好。」芽目太郎插嘴道：「她有時候還是能正常說話。患者越年輕，病情真的會惡化得比較快。」

「為什麼只有小紬得受這種罪！」

「這也沒辦法。日本的人瘤病患者裡九成會染上三宅I型，也就是惡性病毒。大概再過兩、三個月，她就沒辦法正常說話了。」

紗羅凝視著眼前面帶笑容的女孩。她雖然和小紬長得一模一樣，卻不是那個曾和自己一起上學、一起閒話家常的她。

「我原本打算一直藏著小紬，並且把這個祕密帶進墳墓裡。可是她開口閉口都惦記著和妳之間的回憶。妳明明就在旁邊的校舍裡上課，要是一直不讓妳們見面，反而讓我覺得自己變成一個大惡棍。」

「真的非常謝謝您。」

紗羅滿懷敬意地道謝，就在此時——

「那個蠢兒子怎麼不快點死一死。」

某處傳來男人低啞的抱怨聲。

紗羅全身頓時一陣雞皮疙瘩。她反射性觀察整間房間，房內根本沒有其他人影。剛才的聲音也和芽目太郎的嗓音不一樣。

「你說美佐男？那孩子很老實，是個好孩子啊。」

「他腦子裡根本沒裝東西，就是個蠢蛋。和人渣沒兩樣。不對，他聽得懂人話，卻搞不清楚別人的意思，反而比人渣更慘。」

頭頂傳來兩個男人的對話。紗羅抬頭一看，四周的天花板各開了一個通風口。冷靜想一想就知道了，普通人不可能在密不通風的地下室生活。而外頭有人站在通風口附近，那兩個人恐怕萬萬沒想到，自己的對話內容居然傳進地下室。

「抱歉，嚇到妳了。這間地下室就在疊住宅區附近。有時通風口會傳來別人的聲音。不過內容都讓人不是很舒服。」

芽目太郎苦笑著，輕柔地讓小紬躺回床上。小紬露出安心的表情，像嬰兒一樣縮起身體，閉上雙眼。

「您一直細心照顧小紬呢。真是非常感謝您。」

「我才想向妳道謝。我只想拜託妳一件事，希望妳偶爾能抽空來探望小紬。」

矮小男人來回看了看兩名女孩的臉，勉強擠出了這句話。

10 加峰

加峰不顧車鑰匙還插在鑰匙孔上，直接跳下貨車，飛快奔向派出所。

他撞開鋁門，只見長桌上放了「巡邏中」的立牌。大門另一側的房間傳出些許雜音，類似正在調整收音機頻道的聲響。加峰一腳踩上鐵椅，翻身越過長桌。

加峰轉了轉門把，如他所料，門上了鎖。加峰在木門前思索了一會兒。仁太十之八九就在這扇門的另一邊。現在沒時間管手段合不合理了。加峰下定決心，舉起鐵椅用力砸向木門。

「混帳東西！」

派出所正面傳來汽車停車的聲音。似乎是有人來了。加峰不顧一切猛揮鐵椅。他重複砸了五、六次，終於砸歪木門的合頁絞鍊，木門發出吱呀一聲向內敞開。

加峰按下電燈開關。這間小房間看似辦公室，三坪大的空間放著鋁桌和儲物櫃。有一扇門通往後院的停車場，這扇門現在卻是半開半掩。一臺類似舊型行動電話的機器接在插座上，正不斷發出惱人噪音。

加峰傾耳細聽，最裡面的儲物櫃隱隱傳出呻吟。

「找到了。」

儲物櫃的門上鎖，加峰拉也拉不動。他爬上鋁桌，打開手機照明，從儲物櫃的小窗戶照亮櫃內，便看到一個人被五花大綁，蜷縮在儲物櫃裡。

「你最好不要輕舉妄動。」

加峰回頭一看，金太手持警棍站在自己身後。

「居然隨便闖進派出所，你到底在想什麼？」
「擅自囚禁我的同伴還有臉說屁話。你現在就給我放了仁太！」
「你在胡說什麼？我弟弟在那裡。」
金太指著停在對向車道的貨車。加峰跳下鋁桌，一步步逼近金太。
「還想繼續裝蒜？你不是仁太的大哥，甚至不是警察。玩角色扮演很開心是不是，吃屎去吧！」
「——」
「那個在駕駛座上假裝仁太的混蛋才是這裡的員警，仁太的大哥。我為什麼知道？我告訴你，那傢伙演技太爛，居然犯了最基本的錯誤，笑死我了。那傢伙知道某件事，而仁太絕對不可能知道。」
「……絕對不可能知道？什麼事？」
「那混蛋知道壘住宅區的地址。仁太已經超過四年沒有接近這座城鎮，不可能知道住宅區怎麼走。
派出所旁的電線桿有一張壘住宅區第一屆居民招募傳單。那張傳單貼在『蕾之屋電影版』的宣傳海報上頭。那部電影是在兩年前上映，所以壘住宅區是在電影上映後才開始招募居民。壘住宅區受海風侵蝕，外牆看起來有點老舊，實際上卻是一座全新住宅區，前年才開始招收居民。

而且那臺貨車的導航早就壞了，仁太竟然順利抵達壘住宅區。他明明四年以上沒回老家，怎麼可能不迷路？太詭異了。現在這個仁太一定是被哪個陌生人替換掉了。」

「無聊。事先查一查住宅區地址不就知道路了。」

金太隨口反駁。

「不可能。我們來海晴之前根本不知道羽琉子人在哪，要查也沒得查。」

「我弟弟去住宅區之前不是來過派出所一趟？我當時就告訴他地址了。而且他在這裡土生土長，算是熟悉這一帶的路線。我簡單說明過路線，他當然知道怎麼走。」

「你打死不承認是吧。抱歉了，我可是有證據證明那不是真正的仁太。」

加峰從口袋中取出駱駝牌香菸，把捏爛的包裝盒推向金太胸前。

「仁太很討厭吸香菸的菸味。但是我剛才在副駕駛座上朝那傢伙吐煙，他卻滿不在乎。裝成別人居然還這麼大意。

一開始真正的仁太的確開著貨車，跟我一起抵達這鬼地方。那傢伙看到我在副駕駛座上抽菸就會百般制止，上車前還聊過他自己之前在工作中幹的蠢事。兄弟之間再怎麼熟，也不可能知道對方所有經歷。

這樣一來，你們只剩下仁太進派出所的那二十分鐘內有機會換掉本人。你們先是抓住仁太，拿走他的衣服，讓雙胞胎哥哥變裝成弟弟。你們要求仁太事先提供自己的照片，也是為了提前修剪成類似的髮型吧？既然假仁太是哥哥扮的，你當然就是假的哥哥，跟仁太沒有半點血緣關係。

至於你們為什麼要幹這種勾當？個人推測，你們大概是不想讓仁太回仙台。那傢伙知道某個祕密，所以你們不打算讓他離開這座城鎮。

只要綁走仁太就能解決一切。這話說得簡單，但他是跟我一起過來的，你們沒那麼容易動手。仁太忽然間不見人影，我自然會四處找他。所以你們才計畫讓仁太的大哥假裝成仁太，跟我一起回仙台之後再鬧失蹤。好了，三流戲碼也演夠了，快點放了他。」

「咚咚！」加峰說話的同時，儲物櫃內部也傳出了敲門聲。

沉默維持了十幾秒。金太不動聲色地瞪視儲物櫃，最後放棄似的嘆了口氣，從抽屜拿出一把小鑰匙，扔向鋁桌。

加峰默默撿起鑰匙，插入儲物櫃的鑰匙孔，接著轉了半圈，櫃門仍然一動也不動。他又再往反方向轉半圈，轉回原本的位置，櫃門忽然向前開啟，仁太穿著深灰色防寒上衣，從儲物櫃滾了出來。仁太臉上紅腫瘀血，嘴裡還塞了條抹布。

「好險啊。」

加峰從仁太嘴裡抽走抹布。仁太喘吁吁地整理亂成一團的瀏海。

「仁太，你給我聽好。」金太俯視著仁太說道：「你知道太多內情了。你不論再怎麼掙扎，最後還是只能回來這座城鎮。你最好現在就留在這裡。」

仁太低頭不語，接著他撐著地板站起身。

「加峰大哥，謝謝你救了我。我們快走吧。」

仁太拋下這句話，直接走出小房間。

「喂、別勉強。我來開車。」

加峰追著後輩走到大街上。仁太才剛脫困，回程可不能讓他握方向盤。

加峰穿越馬路，打開駕駛座的車門，發現一件卡其色風衣被棄置在座椅上。

故障的汽車導航莫名其妙恢復正常，加峰聽從生硬的導航語音指示，順利駛上交流道。汽車駛進東北自動車道時，太陽西下，夜幕漸漸籠罩道路前方。

仁太一路上幾乎沒有開口說話。加峰內心還有些許疑問，但想想就知道答案不怎麼愉快，他也就默默開車。

大約過了半小時，兩人在羽良原休息站小歇片刻。仁太去廁所，加峰則是靠在貨櫃旁，獨自享受菸草的香氣。

「啊咪啊咪啊咪啊咪啊咪啊咪啊咪啊咪……」

路過停車場的行人聽見貨車傳出怪聲，不禁狐疑地望向加峰。大概任何人都不會想到，這貨櫃裡竟然塞了一隻四公尺高的大怪物。

加峰不小心將煙霧吸進乾涸的喉頭，下意識一陣猛咳。他深吸一口氣，勉強穩住呼吸。

「羽琉子真是吵死人了。」仁太上完廁所回到車子旁，一臉煩躁地苦笑道：「她是不是肚子餓了？」

「要拿什麼餵她？」

「當然是海蟑螂啊。」

加峰聽見仁太的笑聲，這才感覺肩頭輕鬆了些許。

●●●

加峰在惡阻屋的吧檯旁啃肉乾，過了晚間十點之後，波波才一邊揾眼屎一邊走進店內。他的頭髮翹得像金魚的背鰭，可能才剛剛睡醒。

「我剛才看到消防車跑過去，開車的消防員長得超像落語家的嚇子屋瘤平耶。嗯？仁太呢？」

「他先回去了。」

「為什麼?他忘記預錄『食人老師』的兩小時特別節目嗎?」

「我們剛剛才從仙台回來，這一趟發生了不少事。」

加峰向波波大致說明兩人在海晴市壘地區捲入的事件起始。波波單手握著啤酒杯，聽到一半還不時發出「噁噁」、「嗚哇」、「唔耶」之類的反應，讓人聽了就覺得無力。

「所以你們被那群狡猾的傢伙擺了一道，被迫處理一隻大怪物啊。身上長了兩千張臉，這哪還算是人？大叔，再來一杯啤酒。」

波波朝廚房大喊。男店員原本一邊喝燒酎一邊翻雜誌，這時不耐煩地抬頭站身，伸了伸懶腰。

「而且居然由我們付錢，開什麼鬼玩笑。」

「你們兩個平安回來就好。羽琉子現在在哪裡？」

「她還在貨車的貨櫃裡，貨車現在停在無余臺公園的停車場。」

加峰指著窗外，答道。無余臺公園是當地的市民廣場，分別連接迂遠寺通和無余臺通兩條道路。

「咦？那是租來的車吧？不用還車？」

「就是要還車才麻煩。還車期限是明天中午，我們得在那之前處理掉羽琉子，不然事情會很麻煩。貨車鑰匙還放在我這，以防萬一。」

波波放下酒杯，凝視天花板的汙漬好一陣子，搖了搖頭。

「馬上殺掉羽琉子更麻煩。我去問問常來店裡的那些狂熱愛好者，看看有沒有人願意買走羽琉子。假設羽琉子活不過明年，我們就三個人聯手分屍之後丟掉吧。」

「你說分屍……分屍那隻四公尺高的怪物？」

「嗯。肉切成骰子牛排大小，餵給店裡的女孩當飼料。骨頭就燒成灰，搭遊艇到偏遠海域丟進海裡。殺一個人就這麼簡單。」

波波嘴裡塞滿牛肉乾，無動於衷地說。加峰光是想像自己手拿菜刀分切羽琉子龐大的身體，頓時覺得一陣暈眩。

「說是這麼說，她如果有辦法活到明年，我們就能毫無顧忌殺掉她。」

「咦？為什麼？」

「因為特定傳染病防治法是在明年正式生效。從明年一月一號開始，只要有正當理由，殺掉人渣就不會被逮捕。反正我們只要隨便找個像樣的藉口，像是被羽琉子攻擊了之類，就能順理成章宰了她。再忍一忍吧。」

加峰這才想起來，早上汽車廣播也播出同樣的消息。他腦內忽然浮現菜緒恐懼的眼神。

「我們國家怎麼會制定這種沒人性的法律？沒問題嗎？」

「哈哈哈，你這話有趣，聽起來就像隨機殺人魔在擔心國家治安。比起羽琉子，我還比較擔心仁太。他明顯有事瞞著我們。」

「是啊，我也這麼認為。」

加峰雙手抱胸，點了點頭。金太他們甚至大費周章綁架仁太，仁太一定是知道壘地區不得了的大祕密。

「我們就調查一番好了。我認識一個手腕高明的偵探，請他去查一查仁太的背景。」

「偵、偵探？」

「對，那男人很有趣喔。他人不錯，就是會慣性撒點小謊。他住在山形市，有機會我們一起去找他吧。」

波波說完，從懷中取出一張紙片。那是一張名片，上頭只用歌德字體標出了姓名與住址，設計簡潔。

「對了，你剛剛不是說住宅區公寓裡有個長得像球根的棒球男孩，聽起來真可愛呢。他要是早點成為職棒選手，搞不好會跟女主播一起進出六本木的賓館，還被雜誌拍個——」

店外突然傳來轟隆巨響。

11

紗羅

「星期五的臨時健康檢查，非常感謝各位同學的配合。」

尾島老師以這句假惺惺的問候，作為週一班會的開場白。

紗羅的擔憂並未成真，上週末的事件影響並不大。丑男當時也趁機從學校後門逃走，平安脫險。

紗羅聽來的小道消息提到，海晴海產總經理久瀨似乎打算在明年春天參選市長，所以他上週六晚上跑來警告林老師，要他別節外生枝。而紗羅和班導尾島老師只是見面時覺得尷尬，除此之外，這個週一過得意外平靜。

放學後，紗羅把丑男、國雄、美佐男叫到體育館後方集合。

「我有一件事只想告訴你們三個人。我見到小紬了。」

紗羅向三人解釋來龍去脈，仔細說明小紬在瘤塚地下室的狀況。三人屏息以待，靜靜聽完紗羅的說明。

「聽見小紬還活著，我是真的很開心，但還是覺得有哪邊不對勁。」

丑男輕撫下巴，臉上帶著滿滿的疑惑。

國雄問：「還能有什麼不對勁？」

「那名叫做芽目太郎的管理員有事瞞著紗莉，對吧？」

「……嗯。」

紗羅悄聲答道。芽目太郎表面上個性坦率，但肯定藏有什麼祕密。

「芽目太郎為什麼事到如今才把小紬的所在地告訴紗莉？」

「當然是因為他想讓小紬見見紗莉啊。」

「我之前問過爸爸，聽說只要在鎮上的公司上班，就會被迫加入青年會。芽目太郎十五年前曾經在海晴海產上班，代表他也曾經是青年會的一員。」

「是沒錯，可是他好歹幫了小紬，沒必要懷疑他吧？」

國雄身上的制服不太整齊，他把手插進制服口袋裡，隨口反駁。

「我也想相信芽目太郎。可是他一邊工作一邊照顧小紬，感覺很辛苦。他的生活應該挺拮据的。芽目太郎或許一開始是滿懷正義感相助，但耐心總有被磨光的一天。」

「別拐彎抹角的，你到底想說什麼？」

國雄吐了口口水，質問丑男。丑男沉默片刻，接著像是下定決心，開口說道：

「其實我在大街上那間蔬果店裡聽到一些消息。青年會那群人好像打算把女人瘤病患者賣去仙台的人渣按摩店。他們好像已經物色幾個年輕貌美的病人，打算由青年會支付報酬給同意販賣病人的家屬。我怕芽目太郎會把小紬賣給以前的同夥。」

「我說你啊，那些大人就是吃飽閒著，整天講些沒根據的玩笑話。你全都當真還得了？」

「你能證明那些只是玩笑嗎？假如小紬真的被賣到人渣按摩店就完蛋了啊。」

「他們只是隨口胡扯吧。搞不好對方早就發現你在偷聽了。」

「才不是胡扯。」

美佐男低著頭靠在體育館的牆壁旁，突然冒出這句話。國雄皺了皺眉頭，狠瞪美佐男。

「蠢蛋少插嘴。」

「何必對他這麼凶。」丑男嗆了回去。「美佐男，你知道什麼內情嗎？」

「我問過我爸爸。青年會是真的打算賣女人，可是他們並沒有找年輕的病患，他們早就決定要賣誰了。」

「你家老爹還兼差當間諜啊？」

「他是青年會會長。」

美佐男低著頭回答。紗羅忽然想起，自己之前在地下室通風口，聽見兩個男人有過類似對話。

「你說他們決定好要賣誰，那是什麼意思？」

「就是字面上的意思。青年會打算賣掉藪本羽琉子。他們一直都在請掮客找買家，上週終於找到了。而且他們好像已經談妥，人渣按摩店的店員星期五就會來鎮上帶走羽琉子。」

藪本羽琉子——這名女子在發表病毒撲滅宣言後不久就發病，已經被囚禁長達十年之久。紗羅聽說壘住宅區落成之後，羽琉子就被關進住宅區內的公寓空房裡。

「星期五，那就是聖誕夜了。只剩四天。我們得想辦法保護羽琉子。」

丑男腳跟使勁蹬地，對眾人說道。國雄嘖了一聲，逼近丑男。

「你有什麼鬼能力保護她？那女人根本是上了砧板的死魚，逃也逃不掉。我們能有什麼辦法幫她啊！」

「你是叫我眼睜睜看著她被賣到人渣按摩店？」

「廢話！一個屁孩國中生跑去跟大人作對，哪可能改變這座城鎮？我們不能老實相信大人的屁話，好好看清楚眼前發生的一切，牢記在心裡。我們小孩子能做的就這麼多。還有像你腦子夠聰明，你多念書，以後有成就、有能力，就能回鎮上把那些混帳全趕出去。現在就給我罩子放亮一點！」

國雄凶狠地說道。丑男默默回瞪國雄，最後嘆了口氣。

「我知道了。我就當自己沒聽過羽琉子的事。但是不能讓小紬跟著被帶走。我不想再讓她碰上一年前的遭遇。」

丑男說著，看向武道場。海風呼嘯而過，窗戶玻璃隱隱作響。

「多注意一下是不會少塊肉，但可別太引人注目。」

國雄抛下這句，背起皺巴巴的書包離開體育館後方。

●●●

「我跟妳說，藪本先生家的羽琉子好像終於要住進綜合醫院了呢。聽說她伯父在海邊哭了一整晚。」

寒假第二天的早上，紗羅過了十點才摺好被子，走進客廳。媽媽則是一邊聽廣播一邊掏耳朵。桌上的衛生紙上排著一排土黃色的耳屎。

「才不是，她要被帶去仙台了。」

紗羅嘟囔了一聲。媽媽隨即看向紗羅。

「哦？妳為什麼知道？」

「只是聽人說的而已。」

「聽誰說啊？」

「我忘了啦。」

紗羅隨口應道，嘆了口氣。她把飯鍋裡的白飯熱好，吃起遲來的早餐。

「媽媽，妳今天不用工作？」

「嗄？今天休息，反正也沒客人來啦。而且扎扎針也沒辦法治好病。」

媽媽開心地笑了笑，嘴裡傳來濃濃酒氣。

「妳喝醉了？」

「沒醉、沒醉。我不是討厭工作，只是不喜歡做沒意義的事。羽琉子也是，她全身長滿腦瘤還繼續活著，根本是浪費生命。藪本老先生早點殺了她不就沒事了。」

媽媽大聲說完，把放滿耳屎的衛生紙揉成一團，拋向垃圾桶。

「沒進喔。」

「是嗎？我肩膀也開始沒力了。可以幫我丟進去嗎？」

紗羅偷偷嘆了口氣，撿起衛生紙扔進垃圾桶。

紗羅整個上午都在寫作業、看小說，實際上卻滿腦子都是小紬的事。

假如美佐男沒說錯，人渣按摩店的店員今天就會到壘地區來。芽目太郎那麼溫和敦厚，紗羅不認為他會出賣小紬，但凡事總有個萬一。至少芽目太郎的確隱瞞了某些事。

——紗莉該不會已經發現我的祕密了？

耳廓深處喋喋不休地響起芽目太郎的聲音。

中午過後，紗羅對母親撒了謊，跑出家門。

「我去圖書館一趟。」

紗羅在玄關前和一名騎著機車的中年男人擦身而過。男人的身材很像芽目太郎，長相卻天差地遠。他脖子上的圍巾像海蛇一樣細長，讓人不由得擔心圍巾捲進輪胎。紗羅目送男人的背影遠去後，快步走向學校。

紗羅沿著釜洞山的產業道路走去，壘住宅區的公寓大樓漸漸出現在雜木林的另一頭，她放輕腳步，一邊走一邊側眼偷看住宅區內。青年會的一群年輕人聚在停車場裡。看來羽琉子真的要被帶走了。

現在明明氣候寒冷，紗羅走到海晴市立第一中學時，卻全身汗水淋漓。

「聖誕快樂！」

前方傳來美佐男的歡呼聲。紗羅抬起頭，便看到國雄和美佐男一起坐在校舍出入口的階梯上。兩人同樣穿著紅色運動外套。那是學校規定的運動服外套，學生入學時都會買上兩套。

「你們兩個也在擔心小紬的狀況嗎？」

「對呀！」美佐男點了點頭：「我沒想到連國雄都來了。」

「我只是來嘲笑你們的啦。反正我還要去幼稚園接小妹，就過來殺殺時間。」

國雄語氣急促地說，像是在掩飾自己的害羞。國雄父親經營的當鋪在城鎮郊區，騎腳踏車到學校至少要三十分鐘以上。他特地跑這一趟，可能代表他也很擔心小紬。

「那我們三個人一起去瘤塚吧。芽目太郎知道我們在，應該也不會輕舉妄動吧。」

美佐男今天比以前多話了點。兩人同意美佐男的提議，三人一起走向校舍後方的瘤塚。年末期間居然完全沒有人來掃墓，塵土在墓碑之間飛揚而過。

三人站在管理所的門口前，美佐男按下電鈴。所內一如往常響起電鈴聲。三人站在原地等候，時間一點一滴流逝。

「他沒來啊。瘤塚裡面也沒人，那傢伙是不是回去了？」

「他看起來很認真，平日的開園時間應該會一直待在園內呀。」

「不會是在午睡吧——」

門內傳來開鎖聲。

管理所大門一動也不動。芽目太郎應該是透過門上的貓眼看著門外，他是叫三人主動開門？美佐男看了看其他兩人，轉開門把拉開了門。

「你好……」

「學校已經放假了，你們怎麼會突然跑來？」

芽目太郎和一週前一樣戴著毛線帽，不過帽簷拉得更下面了。他身上的紅色運動服仍然鬆垮垮的。可能是因為那顆大大的凸肚臍，腹部微微膨起。日光燈照亮了他的臉，臉色看起來比上週還要差。

「那個，你上次說希望我可以多來探病，所以我今天帶朋友一起來。就是這兩個男生——美佐男跟國雄，他們原本都是小紬的同班同學。」

「這樣啊，謝謝妳。不過小紬今天身體不太舒服。」

「小紬生了重病嗎？」

美佐男直視芽目太郎，從旁插嘴道。

「她只是感冒了。她一直咳嗽、流鼻水，怎麼也停不下來。她之前只能待在房間裡，可能是免疫力變差了。」

「這樣更讓人擔心了，請讓我們見見她。」

「我自己現在也不太舒服。頭痛到不行，手邊的藥又吃完了。抱歉，今天可以請你們先回去嗎？」

芽目太郎拍了拍褲子的口袋。

「我們不會給您添麻煩的，也不會待太久。真的不可以嗎？」

紗羅隨即補上這句話。芽目太郎眼神游移，感覺似乎很困擾。他之前明明那麼積極想讓自己和小紬見面，換成美佐男和國雄就百般抗拒，有什麼原因？

此時紗羅腦中湧現一個假設。

「扭扭捏捏的，麻煩死了！大叔，我們是怕你把小紬賣給人渣按摩店，才特地跑這趟。我們在看到人之前絕對不會回去。你覺得頭痛就去旁邊頭痛，我們自己進屋去找小紬。」

國雄吼完芽目太郎，穿著鞋直接擠進管理室。芽目太郎隨即起身擋住國雄。國雄俯視眼前的矮小男人，皺緊眉頭。

「大叔，給我閃邊去。」

「我並不打算阻止你們去見小紬。但是你們好像搞錯了。」

「那是什麼意思？」美佐男高聲問道。

「這塊土地之後會發生一些事，你們知道後或許會很吃驚。我很難跟你們解釋清楚，但這件事很早以前就決定好了。遲早都會發生這些事，你們不需要覺得太難過。」

「這傢伙在說什麼鬼？」國雄一臉古怪地說。

「抱歉，我還是想請你們先回去。」

芽目太郎又重複同一句話。紗羅的推測可能是正確的。

「混蛋，你跟青年會那掛人果然是一夥的！」

「對不起！」紗羅突然冒出一句話：「我知道芽目太郎為什麼要幫助小紬了。芽目太郎可以跟我一起待在這個房間嗎？」

芽目太郎頓時嚇得瞪大雙眼。國雄疑惑地看了看兩人。芽目太郎最後放棄似地搖了搖頭，吐出一口氣。

「嚇死我了，妳為什麼會發現？」

「我只是在思考，你今天為什麼不願意讓我們見小紬？是不是有什麼原因？上星期小紬也發燒，感覺身體不太舒服。可是芽目太郎當時很爽快地帶我去地下室。那上星期和今天有什麼不一樣？當時我靈機一動。芽目太郎剛剛是這麼說的，小紬今天一直**咳嗽**、流鼻水，怎麼也停不下來。」

「不會吧？」國雄詫異地說：「原來是因為那個嗎？」

「芽目太郎不是不願意帶我們去地下室，而是自己去不了。因為他知道自己去了會發生咳嗽反應。」

想到這裡，我就知道芽目太郎上星期五掉在樓梯上的金屬扣是什麼了。那是人瘤病患者裝在腦瘤上的支架。你那時走路走太快，腦瘤嘴裡的支架不小心掉了出來。再來就是我個人的想像，你走路時皮膚會跟衣服摩擦到，那腦瘤應該是長在大腿附近吧。」

「正確答案。紗莉猜得沒錯，我也是人渣。」

芽目太郎毫不遲疑地回答。他肚子上的凸肚臍雖然比較顯眼，但鬆垮垮的運動服下方長了數顆腦瘤。

「抱歉，我們居然懷疑你。」國雄尷尬地低頭道歉：「不過你和我們還能正常對話，你得的是良性病毒吧。」

「對，我是感染到三宅Ⅱ型病毒，是日本國內比較稀奇的類型。只要在腦瘤上裝上支架就能和染病之前一樣正常生活。但是我一樣拿咳嗽反應沒轍。」

「所以你是因為同為人瘤病患者，才願意幫忙藏匿小紬？」

芽目太郎聽見國雄的問題，微微垂下眼，點了點頭。

「不只這個原因。一年前，我從高臺上的墓園裡望著道場，正好看見樽間老師在對你們施暴。可是當時我沒膽子過去救你們。後來我才知道，小紬得的人瘤病類型跟我很像。我那時候卻只敢在旁邊看，什麼也沒做。我覺得很後悔，所以她逃到瘤塚的時候，我馬上就決定幫助她。」

「類型很像？小紬是惡性病毒，芽目太郎是良性病毒，不一樣呀。」

「沒錯，我是說我們長腦瘤的部位很類似。」

芽目太郎說著，右手輕撫自己的下腹。

「我的腦瘤不是長在大腿上。我和小紬一樣，生殖器官上都長了腦瘤。」

紗羅下意識望向芽目太郎的雙腿之間。芽目太郎的下體其實脹得圓滾滾的，只是凸肚臍太顯眼，讓人難以察覺。

於是這天只有國雄和美佐男進去地下室。紗羅把兩人帶到三社合一的神龕處，就轉頭走回走廊另一端。

走廊上所有窗戶的防盜鎖都緊緊扣上。透過霧面玻璃可以隱約看到瘤塚的狀況，園內仍舊空無一人。

「小紬真幸運，有這麼多好同學關心她。」

紗羅回到管理室，喝著芽目太郎泡的咖啡，靜靜等待兩人回來。芽目太郎單手拿著咖啡杯，重複了同一句話，臉色卻帶著一絲憂心。

「芽目太郎住在這棟管理所裡嗎？」

「不是，我住在西二番町的公寓，每天都會通勤上班。對了，管理所大門旁邊有個魚腥草花盆，妳有看到嗎？我把大門鑰匙放在花盆和底盤中間，我不在的時候就隨你們使用。」

「呃、可以這麼做嗎？」

「嗯，我相信你們。」

芽目太郎直率地說。

五分鐘後，國雄和美佐男走了回來。三人一起向芽目太郎道謝後，離開了管理所。

「你們有用地上的木板遮好樓梯嗎？」

「遮好啦。不過總覺得心情很複雜。我很高興小紬還活著，但是她變成那副模樣，讓人想高興都高興不起來。」

「聽說患者年紀越輕，人瘤病病情發展越快——咦？」

紗羅驚呼一聲。體育倉庫前面有道人影。

「是丑男。」

丑男忽然一臉慌張，打算逃跑。他下一秒察覺三人的身分之後，才苦笑著走了回來。丑男和其他兩個男生不一樣，身上裹著褪色的軍裝外套。

「什麼嘛，原來大家都來了。」

丑男得意洋洋地拍了拍三人的肩膀。紗羅簡短解釋管理所發生的來龍去脈。

「原來如此，總之小紬沒事就好。不過我有點擔心他們的身體狀況。」

「你現在沒那個閒時間擔心大叔頭痛吧。你剛剛是不是從山路走上來？住宅區現在狀況如何？」

「青年會來了一大票人。羽琉子姊姊應該還在住宅區裡。他們還恭恭敬敬地等著人渣按摩店的店員過來。他們解散之前都沒辦法掉以輕心。」

丑男面向校園回答道。從學校至少要沿著山路走上十五分鐘，才能走到壘住宅區，但住宅區實際位置是在校園旁邊的懸崖正下方。

「我們只能在這邊監視那些傢伙，不讓他們綁走小紬。」

國雄敲了敲拳頭。

「那我們分配一下區域。」丑男分別環視三人：「我去管理所後方，美佐男負責學校正門，國雄則是看守學校後門。只要有任何人靠近就馬上通知大家。紗莉就從校園旁的懸崖監視壘住宅區的狀況，有任何異狀就告訴我們。」

「好是好，萬一青年會成員上來學校這裡怎麼辦？」

「管理所後方的走廊有扇大窗戶。我們就砸壞那扇窗，帶著小紬逃到釜洞山。」

「這計畫還真粗糙，你平常沒這麼隨便吧？」

「有什麼辦法？我們之前才吃過大虧，憑蠻力顯然贏不了那群人。一年前小紬也是從醫院逃走，我們只能不管三七二十一，先跑再說。」

丑男的想法確實有道理。他們幾個小毛頭聯手也打不贏青年會的大人。芽目太郎可能還和青年會藕斷絲連，他們只能強行闖入管理所。

四人交換手機號碼之後，各自前往自己負責的監視區域。

紗羅穿過校園，走向懸崖邊緣。她戰戰兢兢地眺望壘住宅區，停車場並排幾輛輕型車。一群黝黑大漢坐在擋車墩上抽菸。花崗岩紀念碑旁擺著一輛不常見的臺車。

紗羅坐在樹蔭下方的草地上，腦中憶起自己和小紬的種種過往。小紬在林老師上任時，表情是那麼開心；她在瘤塚表明自己得了人瘤病，當時落下的淚珠又滿載不甘。小紬的種種神情有如跑馬燈，接連在紗羅腦中浮現、消逝。

不知道過了多少時間。紗羅心不在焉地望著山林，這時忽然發現有到人影穿過雜木林走向山上。

「騙人的吧？」

紗羅脫掉口罩，目不轉睛地凝視喬木之間。那是美柑老師，她身穿羽絨大衣，沿著山坡走上山來。她靜靜地站在山林裡，接著從壘地藏菩薩的祠堂旁快步走過。

這名女教師早在一年前就辭去海晴市立第一中學的教職，離開這座傷心地，如今怎麼會獨自走在這深山裡？學生譏笑美柑老師是「肉湯女」，逼得她辭職，紗羅不認為美柑老師還對海晴市立第一中學有所留戀。

紗羅突然想起，美柑老師在入學典禮當天早上問候新生時說過：

——我直到十六年前那起事件發生之前，都還住在這座鎮上呢。

美柑老師或許有親戚葬在瘤塚。她可能想趁年末來掃墓，又怕在通往學校的路上撞見以前的學生，才偷偷摸摸穿過雜木林。

「咦？不會吧？」

紗羅把目光拉回山林間，她再次懷疑起自己的雙眼。似乎有個男人鬼鬼祟祟尾隨美柑老師。男人壓低矮小的身子跟在後頭，從外型推測，那男人的確是林老師。他在這深山裡打什麼主意？

林老師走在美柑老師身後大約二十公尺處，此時他看向壘地藏菩薩的祠堂，轉而走進正殿，拿出一座二十公分的菩薩像。林老師雙手抱著菩薩像，直接奔上山坡。只見兩人的距離越拉越近，林老師終於來到美柑老師背後。

「——」

美柑老師正要回過頭去，林老師迅速抓起菩薩像，狠敲她的頭。美柑老師後仰倒地。林老師又朝美柑老師的臉部砸了兩、三次。

紗羅的頭腦還來不及思考對策，身體就率先行動。她站起身拔腿就跑，打算跑去叫丑男，但她又隨即停下腳步。林老師丟下菩薩像，扛起動也不動的美柑老師打算下山。紗羅現在離開一定會跟丟兩人。

這個男人飢渴到整天用左手玩弄陰莖，他可能想把美柑老師帶到空屋強姦。假如能找到犯罪現場並且報警，警察就能以現行犯身分逮捕林老師。到時候海晴海產總經理的親戚身分再怎麼神通廣大，他都逃不過法律制裁。

紗羅心意已決，便邁步走向雜木林。扣除旁邊十五公尺寬的懸崖，雜木林裡的山坡並不陡，不會失足摔下山。紗羅緊盯林老師的背影，小心翼翼走下山坡。

林老師背著美柑老師，直線走向壘住宅區。他大概打算把公寓的空房當作賓館客房。壘住宅區裡的空房要多少有多少。他可能不知道青年會的年輕人聚在那裡。紗羅沒有戴上口罩，緊追在林老師身後。

十分鐘過後，林老師到達壘住宅區。那群年輕人方才還聚在住宅區內，現在忽然全都消失無蹤。林老師站在鐘塔陰影處四處張望了一下，連忙穿過空地，走進H棟。紗羅順了順呼吸，放輕腳步尾隨在後。

紗羅忽然感覺腳底好像踩到什麼東西。她急忙低頭一看，兩隻大海蟑螂翻倒在地上，觸角微微晃動。紗羅趕緊把鞋底在草地上抹了抹，跟在林老師後頭。

公寓某處傳來關門聲，代表林老師進到H棟深處的房間裡。紗羅穿過雙開大門，偷偷窺視陰暗的走廊。她確定林老師待在最角落的一〇五號室。只要等林老師完事再叫警察來，他就等著進宮城監獄做肥皂。

紗羅從口袋拿出手機，就在這個時候——

「啊咪呀咪呀咪呀咪呀咪呀！」

一陣詭異叫聲劃破四周的寧靜。紗羅下意識從欄杆探出身子，看向聲音來源。

「慘了，那傢伙逃走了。快點抓住她！」

A棟方向傳來年輕男人的大喊，同時還混著怒吼及腳步聲。

集合住宅之間的間隔處忽然冒出一隻前所未見的生物。無數腦瘤組成了小臉的集合體，身高遠比尋常大人高上許多。

「喂、你這個蒙古大夫，快點讓她閉嘴！」
「蒙古大夫？你說我嗎？她明明是因為你咳嗽才發狂啊。」
「還不是你醫術爛到不行，連我的小感冒都治不好！」
紗羅聽見許多男人爭吵不休。怪物像小鋼珠一樣到處衝撞牆壁，逐漸靠近紗羅所在的H棟。大量腦瘤全都瞪大雙眼。紗羅小學的時候曾在海晴綜合醫院親眼看過那種眼神，當時發生咳嗽反應的腦瘤和眼前的怪物一模一樣。
「——怎麼這麼吵？」
某處傳來開門聲。紗羅轉頭一看，一〇五號室的門打了開來，門縫間還看得到林老師的臉。
同一時間，紗羅硬生生撞上水泥地板。尖銳的金屬聲刺穿耳膜。怪物忽然一個衝刺，撞歪H棟的欄杆。紗羅緊握在左手上的遮咳口罩掉在地上。
紗羅抬起頭一看，怪物和紗羅一樣被彈開，撞得躺在草地上。生鏽的鋁欄杆發出喀喀聲，不停抖動。紗羅急著想站起身，但是她似乎扭傷左腳，怎麼也站不起來。
「趁現在，趕快幫她打鎮靜劑！」
那幫男人粗魯大吼。一名看似醫生的男人跑到怪物身邊，整個人栽進無數臉孔之中，將針筒刺進怪物身體。四名黝黑大漢則是聯手架住怪物。
「這樣就行了。這針下去，她就會像個死人一樣一動也不動，能維持兩個小時。」

「她乾脆就這樣掛掉還比較省麻煩。」
「不要！」
淒厲的尖叫頓時刺穿耳膜。那群男人狐疑地望著怪物皮膚上的眾多臉孔。
「這玩意剛剛是不是發出尖叫了？」
「屁啦。羽琉子染上惡性人瘤病之後，至少當了十年廢人。她哪還記得日語怎麼說。」
「可是剛剛那聲尖叫滿像女孩子的叫聲耶？」
男人個個面帶不解地四處張望，最後終於注意到紗羅。
「剛才是妳在尖叫嗎？」
「……不是。」
紗羅急忙遮住嘴，坐在地上回答男人。
「你們在做什麼？」
林老師一開口，四名大漢忽然僵在原地。老師一一看過在場的男人，臉上充滿厭煩。四個人的臉色越來越陰沉。
「這、這傢伙逃到外面來，我們在抓她。」
「蠢東西，別讓垃圾跑到垃圾桶外面。」
林老師從欄杆探出身子，朝被制伏的怪物吐了口口水。

「不好意思。」

男人紛紛低頭道歉，接著搬起不再吵鬧的怪物走進A棟。

H棟的走廊上只剩下老師以及他從前的學生。紗羅坐在走廊上，戴好遮咳口罩，抬頭望向前任班導師。

「……剛才那個是藪本羽琉子嗎？」

「誰知道？我記不得人渣的名字。」林老師想也不想就回答：「先不提這個，妳家不在這個住宅區吧？妳在這裡做什麼？」

「我只是來散步。老師才是，你跑到這種地方做什麼？」

林老師的眼神稍稍飄移了一下。海風輕輕吹動他的短髮。

「妳看到什麼了？」

「……我看到老師搬著一個人。」

紗羅做好心理準備，開口說道。

「我是在山裡發現有人受傷，才把她搬來這裡。」

「那為什麼要帶到公寓的空房裡？老師應該要帶她去醫院啊？」

「別把我說得像壞人一樣。我只是想讓對方休息一下，檢查她的傷勢。」

「但是老師剛才好像在避人耳目呢。」

紗羅一再追問。老師搔了搔後腦勺，長嘆一口氣。

「我明白了，我就老實說吧。那個女人跑來要我強姦她。」

「……別開這種蠢玩笑。」

「這不是玩笑話。她現在在粟原的應召站當應召女郎，還小有名氣。聽說只要在她頭上淋豬肉味噌湯，她就會開心得不得了，簡直是個瘋女人。我也嚇了一跳，沒想到她真的是我上任之前的那位班導師。那女人的尊嚴被學生踐踏得一蹋糊塗，她現在深信自己原本就比他人卑賤，以保護自己的心靈。所以我只是幫她一把，協助那個脆弱的女人保護她的自尊心而已。」

「真噁心。」

「這個鎮上什麼事不噁心？妳唸到中學還不懂這個道理呀？」

林老師揚起諷刺般的笑容，朝紗羅揮了揮手，進到一〇五號室。

紗羅覺得自己被耍了，撐著欄杆勉強起身。她忽然覺得自己好傻，居然憑著正義感衝動跟蹤林老師。就算自己報了警，鎮上的警察也不一定會當場逮捕林老師。

紗羅不自覺地望向草皮。草皮上有兩隻死掉的海蟑螂，身體還被壓得扁扁的。

紗羅走了三十分鐘山路，終於回到海晴市立第一中學。羽琉子撞上紗羅的時候傷到紗羅的左腳，她光是爬上這條平時走慣的山路，就爬得有點辛苦。

紗羅在懸崖邊的樹蔭下席地而坐，又監視壘住宅區好一陣子。但住宅區內除了不時有居民出入，沒有任何明顯異狀。人渣按摩店的店員可能在紗羅上山之前，就已經來把羽琉子帶走了。放在紀念碑旁的臺車不知何時消失無蹤。

夕陽即將沉入山谷之時，國雄先一步回鎮上，準備去幼稚園接小妹回家。紗羅改去後門再監視一個小時，還是沒有任何可疑人物來到學校。

「我們監視了一整天，結果好像在浪費時間。」

三人回去之前，美佐男踢了踢小石子，隨口抱怨。

「別這麼說。至少小紬沒有被人帶走呀。」

丑男望著夜空中逐漸明亮的星辰，感慨地說。紗羅同意丑男的說法，但她一想到全身長滿臉孔的羽琉子被賣到人渣按摩店，還有美柑老師被林老師凌辱的事，就怎麼也開心不起來。

夜晚的深山響起陣陣風聲，這陣風彷彿從某處運來人渣的哭喊聲。

●●●

隔天，手機的來電鈴聲吵醒了紗羅。

時鐘的指針指著早上六點半。可能是打錯電話。紗羅揉揉乾澀的雙眼，按下通話鍵。

「喂？」

「紗莉，是我。大事不妙了！」

話筒中的美佐男激動地高喊。

「怎麼了？」

「青年會的人發現小紬躲在瘤塚管理所了。爸爸他們說今天會去帶走小紬。我們得想想辦法啊！」

美佐男感覺快哭出來了。美佐男的父親是青年會會長。這消息讓紗羅頓時面無血色。

「怎麼會？昨天還沒有任何人發現她啊？」

「好像有人打匿名電話給我爸爸。啊啊，我們該怎麼辦？」

「你打給丑男了嗎？」

「我打過了，可是他沒接。他可能還在睡覺。」

「我家離他家比較近，我去他家找他。我們會一起去瘤塚，美佐男也快點過來。」

「我、我知道了。我會躲開爸爸，偷偷溜出住宅區。」

紗羅掛斷電話，披上運動外套衝出房間。媽媽抱著酒瓶，在客廳睡到打呼。紗羅出了門，小跑步奔向丑男家。

紗羅按下門鈴，等了一會兒。大約一分鐘後，大門打了開來，丑男的臉出現在門後。

「怎、怎麼了？」

丑男露出睡眼惺忪的表情。紗羅解釋事情經過，只見他的表情越來越陰沉。

「我們去瘤塚吧，希望還來得及。」

丑男從屋簷下搬出腳踏車，跨上坐墊後指了指後方。紗羅急忙坐上後面的貨架。丑男使勁踏了柏油路面，踩著踏板騎向釜洞山。

早上的街道一片寂靜。海鳥的叫聲、漁船的引擎聲，什麼也聽不到。紗羅緊抓丑男的背部，靜靜聆聽心臟的跳動聲，心底覺得有點奇妙，彷彿回到了不曾存在的過去。

兩人乘著腳踏車穿越城鎮，進到釜洞山的雜木林。接著兩人停下腳踏車，奔向山路。紗羅左腳仍然隱隱作痛，但勉強能跑步。

「丑男！紗莉！」

兩人正要從壘住宅區旁經過，便見到美佐男跑了過來。他剛才似乎躲在路燈的陰影處。

「你來了呀。謝謝。」

「他們真的發現小紬躲在哪裡了？」

丑男低聲詢問美佐男。美佐男吞了吞口水，說道：

「我聽到爸爸在講電話。還有，仙台好像發生大事了。」

「大事？」

「聽說有個超巨大人瘤病患者大鬧聖誕燈光秀會場，而且那個病患居然跟大象一樣大。新聞主播說這次慘案可能會超過澀谷事件。」

紗羅猛然想起昨天撞上自己的藪本羽琉子。那個巨大如大象的人瘤病患者一定就是她。她被帶到仙台之後，又引發咳嗽反應發狂了。

「我們現在先想辦法解決小紬的問題。我們得盡快帶她走。」

「要帶去哪裡啊？」

美佐男憂心忡忡地問。

「不知道。總之先帶她逃到山區，之後再思考下一步。」

丑男邁步跑去，其他兩人急忙跟上。

三人奔上山路，通過海晴市立第一中學正門。晨霧籠罩著整座校舍，校舍內異樣寧靜。

「不知道芽目太郎在不在？」美佐堂仰望著管理所。

「他之前說自己每天都從西二番町的公寓通勤上班，應該不在吧。」

「幸好他之前告訴我們鑰匙放哪裡。」

美佐男蹲下身，拿起魚腥草花盆。丑男一臉緊張地伸手握住門把。

「奇怪，門開著——」

丑男鬆懈的語氣中途變為尖聲慘叫。

時間的流速莫名變得緩慢不已。美佐男拋下花盆，臉色大變地站起身。紗羅從兩人身後看向屋內。

一名穿著運動服的男人仰躺在管理室的地板上。他的臉腫得歪七扭八，像是被痛毆了好幾次，完全看不出原本的長相。紅黑色血泊在油氈布地面漸漸擴散。

「……有人死在屋裡。那是芽目太郎吧？」

美佐男低喃道。他的聲音像是變了個人似的，異常沙啞。

丑男進到屋內，彎下腰查看整具屍體。紗羅屏住呼吸，怯生生地跟著進屋。屋內還點著暖爐，整間管理室悶熱到令人窒息。

丑男捏著鼻子觀察男人的身體，接著他像是發現了什麼，忽然拉起運動服的衣襬。男人露出覆滿汗毛的腹部。腹部上長著一顆如眼球般凸起的肚臍。

「哇，這肚臍好壯觀。」

「我記得這肚臍，他果然是芽目太郎。」

美佐男喃喃說道。丑男面露不快，將衣襬恢復原狀。

「那是什麼？」

美佐男指著芽目太郎的腰間。衣服口袋露出銀色鋁箔紙的一角。丑男小心翼翼抽出鋁箔紙，發現那是鋁箔包裝的白色藥錠。

「這是什麼？上面寫著羅剋靈。」

「那是止痛用的成藥。我媽媽偏頭痛的時候都會吃這種頭痛藥。」

「『頭痛、生理痛就用羅剋靈』的那個羅剋靈啊。這包藥好像吃掉兩顆了。」

就如同丑男所說，藥錠包裝上有兩處鋁箔封膜已經扯破，泡殼裡空空如也。

「等等，我們現在不該聊這個。」美佐男指向拉門，掙扎地說道：「小、小紬應該沒事吧？」

丑男站起身，通過拉門往走廊走去。紗羅和美佐男急忙追在他身後。

「嗚哇……」

紗羅卡在喉間的悲鳴脫口而出。灑滿朝陽的走廊上出現斑斑血跡。可能是某人手持凶器通過走廊滴下這些鮮血。丑男和美佐男的臉色逐漸發綠。

三人通過走廊轉角，發現神龕下方的地板被卸開，沒有裝回去。通往地底的樓梯裸露在外。三人默默沿著陰暗的樓梯往下走。

他們前進大約五分鐘，那道木製房門出現在眼前。丑男轉開門把，按下牆上的開關。橘色電燈泡照亮整間地下室，一股腥臭味鑽進鼻腔。

「為什麼啊！」

丑男用力捶了牆壁，放聲怒吼。美佐男用雙手摀住臉，顫抖肩膀蹲了下去。

小紬倒在染得紅黑的床鋪上，全身的腦瘤被狠狠敲爛。

12 加峰

店外忽然傳來類似鞭炮爆炸的聲響。

惡阻屋店員原本還在廚房打瞌睡，突然間像是被牙籤刺到屁股似的，整個人從圓椅上跳起來。

「剛才那是什麼聲音？」

「不知道，有人搞錯季節在放煙火嗎？」

波波和加峰受好奇心驅使，一起走出店外。

尖銳的警笛聲傳進耳中。北方的夜空染上一片橘紅。電視臺大樓彷彿化作海市蜃樓，冉冉搖曳。仔細一瞧，大樓之間還竄起陣陣黑煙。

霎時，一股不安如同海嘯一般湧向加峰心頭。

可能是迂遠寺通那些掛滿燈飾的行道樹不小心失火了。那地方聚集那麼多年輕人，現場想必一團混亂。但加峰根本不在乎那種小事。

無余臺公園的停車場在迂遠寺通旁邊。仁太租來的貨車就停在停車場裡，而且貨櫃還關著羽琉子。羽琉子身上的腦瘤可是完全沒有裝支架。

那些年輕人為了聖誕夜精心打扮，不可能特地戴上遮咳口罩。他們逃出大道，應該會氣喘吁吁地湧進無余臺公園。萬一羽琉子聽見人群的咳嗽聲，引發咳嗽反應——

「我覺得好興奮啊！讓我想起澀谷事件呢。決定了，我們去圍觀一下吧。」

波波邁步跑去。加峰也跟在他身後奔出小巷。

兩人一接近大馬路，便看到大批人潮驚慌失措地湧過來。人群裡大多是年輕人，打扮也十分相似，簡直像是粗製濫造的廉價商品，不過也有外國觀光客、駝背老人夾雜在其中。一陣濃煙掠過鼻尖。加峰在一年前的大樓火災中聞過類似的臭味。

加峰抵達迂遠寺通時，波波早已不知去向。他和中學生差不多高，可能在半路上就被人潮沖走了。

櫸樹燒得火紅，看起來就像火燒山一樣。黑煙燻得眼睛一陣刺痛。眼前至少有十幾棵喬木熊熊燃燒。

馬路上擠滿路人，消防車完全接近不了火場。一個男人從烈火中逃出來，抓起大衣拚命摩擦柏油路面，試圖熄滅衣服上的火苗。

加峰做好覺悟，通過十字路口走向無余臺公園的停車場。警笛音伴隨無數慘叫，幾乎要震破加峰的耳膜。

如他所料，無余臺公園擠滿來避難的年輕人。停車場上也看得到人影。羽琉子是否還保持正常？

「去死！去死！去死！」

加峰正要跨越馬路，公園人群中忽然傳來粗魯的辱罵。年輕人正在猛踹一個癱坐在地上的中年男人。

加峰定睛一看赫然發現，那兩人就是自己在永町的便利超商遇見的熟面孔——臉孔狀似鮟鱇魚的中年男子，以及小混混艾維斯。那中年男子的運氣簡直背到不像話，偏偏選在這種地方撞見對方。

「人渣膽敢比我們先逃跑！」

「對不起、對不起……」

中年人祈求般地握緊雙手。他的褲襠裂開，隱隱露出肥大的睪丸。

「蛋蛋老頭，你現在反省也來不及了。國家已經決定宰掉所有無恥人渣——嗄？」

艾維斯的頭頂上突然灑下一大灘黑色液體。

他惶恐地慢慢向上望。路旁熾烈燃燒的櫸樹之間冒出一隻長滿肉瘤、異常巨大的怪物。

「啊嗯咪呀咪呀咪呀啊啊啊啊！」

怪物發出地鳴般的低吼，臉孔與臉孔的縫隙中噴出大量的糞便。

「這是什麼，臭死了！」

艾維斯看著自己全身上下，大聲埋怨。下一秒，糞便如雪崩般吞噬兩人的身體。

到無余臺公園避難的年輕人頓時鳥獸散，紛紛湧向大馬路上。火星飛散在人群頭頂，一時之間哀號四起。

巨大怪物拖著身軀，撞倒灌木叢跳到馬路上。無數臉孔陷入濃煙帷幕之中，苦苦哀嚎。臉孔上的長細眼一顆顆凸出眼球，羽琉子顯然是咳嗽反應發作。

加峰躲進樹叢，等待巨大陰影通過。火焰的熱度近在咫尺，全身皮膚哀號不已。

怪物左右扭動著火的身軀，踩過眾多年輕人衝向馬路，接著直接撞進路邊的消防幫浦車。停在一旁的雲梯消防車彷彿倒下的骨牌，應聲倒地。十五公尺高的雲梯尖端直接撞上百貨公司大樓的牆面，人群頭頂頓時落下大量碎玻璃。

加峰像是在看簡陋的災難恐怖片，異常冷靜地看著怪物大肆破壞。羽琉子長滿肉瘤的身體燒得火紅，卻仍然瘋狂掙扎，接二連三壓扁四處竄逃的人群。

壘地區居民一旦得知這件悲劇，他們會怎麼想？是責備加峰等人太過輕率，竟然將人瘤病患者扔在停車場不管？還是悄悄鬆一口氣，慶幸海晴市並未成為慘劇的舞臺？

最重要的是，金太以及壘地區的年輕人知道事情的來龍去脈。前年萬聖節，那名人瘤病患者開著廂型車衝進澀谷的人行道，後來連在副駕駛座上咳嗽的乘客都受到媒體嚴厲批判。萬一事件經過公諸於世，加峰等人一定逃不過輿論的追殺。甚至可能直接遭到拘捕。

——救救我，有人要殺我。

耳邊響起菜緒虛弱的求救聲。

自己一旦被警察逮捕，還有誰能拯救菜緒？人瘤病患者付不出療養院的住院費，馬上就會被扔在路旁，橫死街頭。翻翻雜誌，隨隨便便就能見到一、兩則相關報導。自己不能輕易束手就擒。

加峰倚著路燈站起身。他的手腳燙傷，幾乎失去知覺。大樓窗戶上倒映著自己的臉，看起來紅腫無比，猶如一顆巨大水泡。

自己這副慘樣走不了多遠。機車還停在公寓的停車場裡，現在只能駕駛公園停車場裡的貨車逃走。加峰摸了摸褲子口袋，仁太轉交的鑰匙還放在口袋裡。

加峰彎下腰避人耳目，悄悄前往無余臺公園。當地電視臺的直升機還在高空中盤旋。自己已經不知道跨過多少具焦屍。他望向馬路東邊，肉瘤怪物似乎再也走不動了，巨大肉塊就這樣倒在柏油路中央，遭火焰熾熱燃燒。

他放輕腳步，走進無余臺公園。方才遭到艾維斯痛毆的中年男人全身沾滿排泄物，臉朝上躺在地上。除此之外，四周不見人影。

加峰走進停車場，便見到貨車貨櫃大開，櫃門邊緣滴著屎尿。他看了看貨櫃內，貨櫃地板沾上新的血跡。腦瘤咳嗽反應發作後會吐血、吐痰，羽琉子可能是在貨櫃內聽見咳嗽聲。加峰關上櫃門，走向駕駛座。

加峰把車停進停車場前先去過加油站，現在汽車油瓶是滿的。公園北側出口沒有面對迂遠寺通，可以避開市區前往無余臺通。從無余臺通向北走一陣子，在國道四十八號左轉。沿著比呂瀨川往西直線前進。他不太清楚山形地理，但越往山形走山林越多，人或許也會比較少。

「菜緒，我絕對不會死。」

貨車奔馳在路燈稀少的山路上，直線往西邊駛去。加峰在半夜一點經過溫泉區之後，就再也看不到對向車。他通過山形縣縣界附近時，疲勞導致大腦恍惚無法思考，只能將貨車停在路肩。

加峰放倒座椅，一閉上雙眼，全身彷彿憶起稍早的疼痛。手腳皮膚燒傷紅腫。他看了看照後鏡，臉頰、下巴紛紛浮現鮮紅水泡，整張臉像是變了個人。

加峰還來不及思考眼前的遭遇，就急忙逃進深山裡。自己這麼做究竟意義何在？他一開始思考就覺得鬱悶。他想打電話到「摘瘤小妹」的辦公室，手機卻沒電了。

「該死。」

他正要收起毫無作用的手機，忽然發現口袋放了一張紙片。拿出紙片一看，那是波波交給加峰的偵探名片。

加峰看了看住址，這名偵探的事務所似乎就在山形市中心。波波會想委託這名偵探，代表他確實有兩下子。自己與其獨自逃亡，還不如試著拜託這名偵探幫忙。

無論如何，加峰今天的體力已經瀕臨極限。雖說天亮了，事情也不一定會好轉，但總比繼續壓榨疲憊不堪的腦袋來得好。

加峰順從睡意閉上雙眼。

沉入夢鄉又能見到菜緒——加峰抱持些許期待，但是這天的夢裡並沒有出現菜緒。

加峰聽見咳嗽聲，醒了過來。

太陽已經高掛空中，但是厚重的雲層使得陽光略顯冰冷。皮膚仍然隱隱刺痛，但已經比昨晚輕鬆些許。

他嘆了口氣，正要起身時，不由得嚇得臉色發白。

羽琉子已經燒死在迂遠寺通，這臺貨車只剩下加峰一個人。貨櫃怎麼會傳來咳嗽聲？

加峰屏息打開前座車門，繞到貨車後方，悄悄打開櫃門。

「——」

貨櫃是空的。貨櫃內僅殘留些許屎臭，空無一人。山雀輕啼，彷彿在嘲笑心驚膽戰的加峰。

剛才的咳嗽只是聽錯？說他只是睡昏頭，他可能也無法反駁。

此時，加峰赫然發現貨櫃內有一塊地板脫落。木板之間凸出一臺灰色機器。加峰忍痛抬腳爬進貨櫃內，拿起卡在木板中的機器。

那是一臺卡式錄音機，加峰只在二手商店看過這種舊式機型。按下播放鍵，卡帶沒有轉動也沒有播放。是故障了？他長按著播放鍵，錄音機的喇叭突然傳出咳嗽聲。

剛才的咳嗽聲果然不是幻覺。

為什麼錄有咳嗽聲的錄音帶會掉在貨櫃裡？有人故意讓羽琉子聽見咳嗽聲，刺激她發生咳嗽反應？

忽然間，一股不知名的惡臭刺入鼻腔。簡直像是魚爛掉之後發出的腥臭。

加峰看向地板縫隙，混濁的眼球直視著他。雙腳像是生了根似的，無法動彈。

他戰戰兢兢地掀起地板。赫然發現仁太仰躺在地板下，早已頭破血流。

13 紗羅

「沒想到我自己的女兒居然成了殺人案的第一目擊者，而且還是一次發現兩具屍體。妳是不是該去給人驅邪一下。對了，妳有直接看到屍體嗎？」

紗羅在派出所經歷長達四個小時的偵訊，回到家已經精疲力盡。而她一踏進家門，媽媽就興沖沖地說個不停。

「看到了。」

「真的？真羨慕妳。我這輩子還沒親眼看過屍體呢。早知道在失明前就親自去一趟戰場。」

媽媽把手杖扔進傘架，在起居室呈大字躺下。

「媽媽，妳今天不用工作？」

「妳這孩子，最近怎麼老說這事？媽媽可是特地去派出所接妳回來，結果妳還叫我去工作？很不巧，我們針灸院今天開始放年假。」

媽媽擤了擤鼻涕，把揉成團狀的衛生紙拋向垃圾桶。

「沒進。」

「妳幫我丟進去就好啦。」

媽媽躺在地上，打開酒瓶瓶蓋，將燒酎灌入喉嚨深處。廚房積了一堆沒洗的碗盤，不過媽媽似乎沒打算做家事。

「瘤塚發生殺人案是挺嚇人的，不過那個管理員被殺也不意外啊。那傢伙態度那麼糟糕，早晚會死在人家手上。」

「咦？媽媽認識芽目太郎嗎？」

「我才不認識他。我有三、四個朋友葬在瘤塚，有一陣子經常去瘤塚掃墓。那個管理員太不親切了。按了門鈴還死都不出來，只是跟他抱怨幾句，嘴裡就一直碎碎念。而且關園時間一到就馬上睡死。他根本有病吧。」

「所以妳覺得不親切的人活該死在別人手上嗎？」

「我可沒這麼說，妳太認真了吧？我問妳，殺人現場長怎麼樣？就當作是孝順父母，用不著害羞，快點告訴媽媽。」

媽媽喋喋不休地纏著紗羅。紗羅閉上眼瞼，憶起早上在瘤塚目睹的悽慘景象。

一群中學生發現了兩具屍體。而他們接下來就彷彿被迫觀看完全不想看的電影，度過既虛幻又離奇的一天。

「我們還不知道凶手是誰，但眼前的狀況已經超出我們的能力範圍了。報警吧。」

其他人贊同丑男的意見，三人拿起手機撥打一一〇報警。但是這個地方收訊奇差無比，所有人的手機都打不通。管理室內又找不到電話，無奈之餘只能由丑男親自跑一趟派出所。

在那之後，紗羅和美佐男坐立不安地等著警察到場，足足等了一個小時。

美佐男坐在草皮上，強忍聲音啜泣。光是站在他身旁就覺得心情沉重。紗羅試著深呼吸轉換心情，腦中忽然浮現國雄的話語。

——我們不能老實相信大人的屁話，好好看清楚眼前發生的一切，牢記在心裡。我們小孩子能做的就這麼多。

警察一到場，肯定會馬上把他們趕出命案現場。紗羅下定決心，開始嘗試觀察現場。

她將口罩拉到下巴下方，打開鋼門。一股如同桑拿室內的熱氣包裹全身。

矮小男人仰躺在地，臉部面目全非。芽目太郎平時總是戴著毛線帽，紗羅現在才發現他是個大光頭。他的臉孔遭到毆打，嚴重浮腫，幾乎看不清原本的長相。國雄之前揍暈樽間老師的時候，樽間老師也沒慘到這種地步。

現在仔細觀察才發現，芽目太郎倒下的姿勢非常奇怪。他的雙手高舉過頭，雙腳往左右大開。有人倒地時會呈現這種姿勢？

芽目太郎或許是以不自然的姿勢倒地，藉此向他們傳達一些訊息。高舉過頭的手臂前方可能隱藏著某些線索。不對，他的姿勢呈現倒過來的英文字母「Y」，是不是在暗示凶手的名字縮寫——

「應該不是。」

紗羅低喃，推翻剛才的愚蠢推理。被害人的臉部遭到毆打，要他悠哉地思索如何留下訊息，簡直是痴人說夢。假設芽目太郎當時意識清醒，應該會試圖反抗凶手。他除了臉部之外找不到明顯外傷，身上的服裝也整整齊齊，只有凸肚臍讓腹部看似隆起。芽目太郎遭到毆打之後應該是當場昏迷。

紗羅站起身，目光掃過芽目太郎全身。芽目太郎的腳上套著運動鞋，不是室內拖鞋。案發當時他可能是剛換上運動鞋，準備迎接訪客，一打開門鎖就遭到凶手毆打。他雙手套著連指手套，只有拇指單獨分開。

芽目太郎身上的運動服還是老樣子鬆垮垮，尺寸看起來至少大兩號。紗羅盯著血跡看，發覺褲子左側變鬆，像是被人強行扯鬆，布料只差一點就裂開來了。印象中，昨天芽目太郎的褲子還完好如初。紗羅看過室內一圈，動腦苦思，仍然弄不懂這些跡象和命案有何關聯。

紗羅打起精神，在管理室內環視一遍。還是找不到打鬥痕跡。只有毛線帽沾滿鮮血，掉在櫃子旁邊。

芽目太郎的
屍體發現現場
（管理所一樓　管理室）

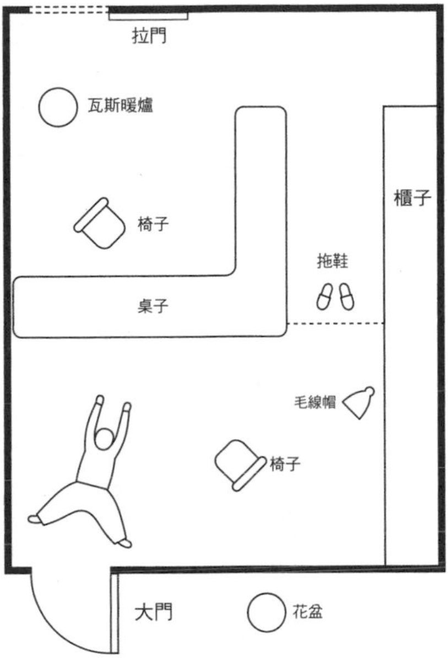

小紬的屍體
發現現場
（管理所　地下室）

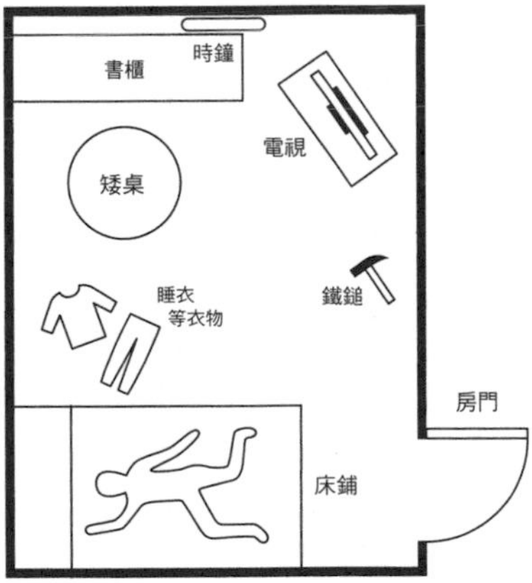

紗羅望向芽目太郎的工作桌。相對於地板上極其悽慘的屍體，桌面和櫃子周遭仍是井然有序。找不到任何凶手遺留的物品。

紗羅拉開抽屜，裡頭裝著手機和兩本筆記本。手機上了螢幕鎖，看不到手機內的資料。紗羅翻開筆記本，兩本筆記都寫滿手寫字。

一本是訪客登記簿，格式為直式，一行一行登記香客姓名。前天下午只有兩個人進了墓園，之後就沒有任何人來瘤塚。紗羅翻了翻十二月份的登記簿，上頭的姓名都很陌生。

另一本筆記本似乎是芽目太郎的工作日誌，記錄他每天的工作狀況，字跡工整。芽目太郎應該沒想過有人會看到這本日誌，可能只是用來代替備忘錄。最後一篇紀錄是昨天——十二月二十四日的紀錄。

12月24日（五）
上午9點　上班。掃地，澆花。無特定事項。
上午9點半　確認門窗上鎖。無特定事項。
上午10點　開園。
下午1點　三名訪客。

寫在最後面的「三名訪客」應該是指紗羅一行人。工作日誌和登記簿不同，也會記錄香客以外的訪客。

紗羅翻過書頁，打開十二月十七日的日誌。她就是那一天遇見芽目太郎，並且在地下室與小紬重逢。以下是當天紀錄：

12月17日（五）
上午9點　上班。拔雜草、倒垃圾。無特定事項。
上午9點半　確認門窗上鎖。無特定事項。
上午10點　開園。
上午11點　一名香客。
下午3點半　確認門窗上鎖。無特定事項。
下午4點　一名訪客。
下午4點半　關園。在休息室小睡。
晚上7點　回家。

這篇紀錄也記下了「一名訪客」。代表工作日誌的內容還算正確。

假設凶手事前曾來過管理所，當時應該會留下紀錄。紗羅抱著這個期待讀完十二月份的日誌，上頭盡是寫上「無特定事項」，沒有特別顯眼的線索。

依照工作日誌，芽目太郎的生活可說是平淡無奇。每天早上九點到管理所上班，上午十點到下午四點接待香客，休息片刻後在晚上七點下班回家。他每天總是會在上午九點半和下午三點半確認門窗是否上鎖，透露出他神經質的一面。

她繼續閱讀筆記，試圖找出其他線索，仍舊一無所獲。

紗羅閉上眼，深吸一口氣。都已經查到這裡了，事到如今不能半途而廢。她拉開拉門，穿過走廊，沿著樓梯走向地下室。接著打開木門，按下開關點亮電燈泡。橘色燈光照亮小紬的屍體。

小紬的遺體和芽目太郎一比，顯得損傷更加嚴重。她的衣服被脫光，所有傷口曝露在外。額頭的皮膚一路裂開到頭頂，全身腦瘤一顆顆被砸爛，傷口處流出混著鮮血的腦漿。膨脹的下腹部留有尖銳物體一再刺穿的痕跡。凶手不但攻擊小紬頭部造成致命傷，還執著地搗毀全身上下的腦瘤。

地下室不同於管理室，這裡留有凶手和小紬扭打的痕跡。矮桌、電視撞歪了一邊，古龍水香水瓶滾進床底下。紗羅不確定小紬是不是還留有一絲理智，意圖該逃離這名可疑人士的魔爪，但小紬確實曾極力抵抗。睡衣和內衣被棄置在地毯上。

沾滿血跡的鐵鎚掉在房間角落。肯定就是這把凶器奪走兩人的性命。毛髮和碎肉纏在鐵鎚的拔釘器上。仔細一瞧，只有握柄沒有沾染鮮血。應該是凶手擦掉上頭的指紋與血跡。

紗羅正要抬起頭，恰巧發現有東西掉進書架後方。她伸手拿出那樣東西，發現是一個直徑二十公分左右的圓形類比時鐘。時鐘掉下時似乎扯掉了電源線，時針正好停在三點整。時鐘字盤的玻璃上還沾著斑斑血跡。

可能還找得到其他線索——紗羅懷抱期待四處查看房間，還是找不到凶手遺留的物品或其他值得注意的線索。她能想像出凶手和小紬扭打的畫面，凶手的樣貌仍然模糊如黑影。

紗羅回過神來，才發現過了不少時間。丑男可能差不多要帶警察抵達現場。紗羅關掉電燈炮，對著小紬的屍體雙手合十，快步離開地下室。

「——我好像知道凶手是誰了！」

媽媽躺在地上聽著紗羅描述，此時猛然坐起上半身大叫。

「怎麼突然這麼說？」

「凶手一定是你們學校的大股主任啦。管理員的屍體不是呈現雙腿大開的狀態？『股』字就是大腿，代表凶手就是大股！」

媽媽再次喊道，並且得意洋洋地開始大笑。

「我覺得應該不是。」

紗羅無奈地嘆口氣，洗好碗盤回到自己的房間。

她看了看手機的時鐘，已經過了晚上十點。她才剛經歷長時間偵訊，感覺體感時間出現時差。紗羅躺上帶著霉味的被窩，眼瞼內浮現了刑警嚴肅的臉龐。

紗羅在派出所分別見到一名宮城縣警署派來的隆頭魚臉刑警，以及派出所駐警金田警官。他們輪流要求紗羅交代昨天到今天的所有行蹤。兩個神色嚴厲的男人盯著自己這麼長一段時間，讓她漸漸產生一種錯覺，以為是自己做了壞事。她到處摸索命案現場，或許給了刑警不太好的印象。

紗羅伸了伸懶腰，仰望泛黃的天花板。她唯一覺得慶幸的，就是宮城縣警署派遣一名和當地毫無關聯的刑警前來偵辦案件。海晴海產的久瀨總經理人脈再怎麼廣，終究僅限於這座城鎮之內。警察應該會毫不猶豫逮捕殺害兩人的凶手。

紗羅剛要再次閉上雙眼，手機忽然響起來電鈴聲。她急忙起身，按下通話鈕。

「喂？是我。」

話筒中的丑男說話非常小聲。

「怎麼了？」

「我現在在紗莉家外面。妳有辦法出來嗎？」

「發生什麼事了？」

「我接到美佐男的電話。壘住宅區好像發生什麼大事。晚上十點剛過就有巡邏車跟媒體湧進住宅區。」

丑男的語氣略顯激動。有媒體聚集，代表案件可能會急速發展。

「我馬上出去，等我。」

紗羅掛斷電話，戴上遮咳口罩走出房間。廁所傳來媽媽嘔吐的聲音。

「紗莉，救救我。我快吐死了。」

她無視媽媽的求救，穿著運動服走出家門。

三十分鐘後，四人和昨天一樣，在海晴市立第一中學的校園內碰面。

「囚禁案？」

國雄皺起眉頭。他騎著一輛破爛腳踏車衝上山路，額頭還浮現大滴汗水。

「嗯。聽說警察跟報社接到匿名通報，說是有女人被關在H棟裡面。」

美佐男俯瞰壘住宅區，說道。國雄和丑男聞言震驚不已，但紗羅心裡有數。那名被囚禁的女人，十之八九就是美柑老師。

「抱歉，我之前沒告訴你們。其實我早就親眼看到了。」

紗羅以這句話起頭，將昨天監視壘住宅區時目擊的來龍去脈——從自己看到林老師，到自己在壘住宅區遇上藪本羽琉子為止——一五一十地告訴其他人。

三人聽完林老師的殘忍行徑，表情同時蒙上一層陰影。

「我聽見爸爸跟別人說話的內容——報社記者闖進囚禁現場的時候，那個女人的屁股裡居然塞了豬肉。」

「嘔噁，光想像就覺得反胃。」

美佐男聽丑男這麼一說，也緩緩點了點頭。國雄則是神情厭惡地嘖了一聲。

紗羅向下望著壘住宅區。周遭停了十臺以上的轉播車，將住宅區四周團團包圍。一群扛著攝影器材的男人正和警方爭執不休。

「可是電視完全沒有報小紬那件案件。」國雄瞇起眼，不滿地說：「媒體覺得囚禁案比殺人案有趣嗎？」

「仙台才剛發生慘案，新聞媒體都聚焦在那件慘案上吧。這座城鎮先後發生殺人案跟囚禁案，他們一定會發現這裡不對勁。」

「可是那也是有人匿名報警才曝光。報警的人一定知道凶手就是海晴海產總經理的親戚。這鎮上還是有這麼有膽的人啊。」

「可惜，其實沒有。」

某處傳來陌生又低沉的嗓音。

一行人回過頭，發現一名矮小男人走進校門。來人看起來二十五歲左右。皮膚呈青白色，看起來病懨懨的，削短的金髮隨風搖晃。長相凶惡，但是舉止卻略顯高雅，和青年會那群小混混天差地遠。

「條子是我叫來的。不過我也是偶然間發現那個女的。她和羽琉子關在同一個住宅區，對吧？我原本想探探居民的口風，打算調查羽琉子的身分背景。結果就在公寓裡聽見女人的呻吟聲。我還想說是誰大白天的這麼風流，一看之下不得了，一個女人被五花大綁，屁股裡還塞著切塊的死豬屍體。我作夢也沒想到，會在這種鬼地方又見到那個女人。」

男人從口袋中拿出打火機，點燃香菸。

「你認識美柑老師嗎？」

「算是吧，她曾經關照過我的生意。」

「冒昧請教一下，你是新聞媒體的人嗎？」

丑男壓低聲音問道。

「鬼才是咧。我的後輩被人殺了，我是來調查他的死因。你們幾個跟那個人瘤病小鬼被殺的事件有關聯，對吧？我有點事想問問你們。」

男人一陣吞雲吐霧，淡淡一笑。

「我叫做加峰。我們就快點揪出凶手來吧。」

男人眼角瞥過那群嚇得一愣一愣的中學生，逕自走向校舍，打開走廊窗戶。接著他一腳踩上窗框，翻身進入校舍。

「站著說話總是會累的。你們也進來吧。」
「你剛剛是、怎麼、打開窗戶的鎖？」
美佐男傻呼呼地張著嘴。
「你以為我會施魔法嗎？我趁白天潛進校舍，先偷偷開鎖了。我打電話去市公所說要來做電器的定期檢測，他們還特地派人來帶路。鄉下的公務員真閒啊。」
男人高聲譏笑一番，朝眾人招了招手。四人面面相覷了一番，國雄率先走向校舍，剩下三人也跟了上去。
夜幕籠罩整棟校舍，只有逃生出口的標示燈還散發微弱燈光。熟悉的走廊、教室，在這夜晚的漆黑之中也夾帶一絲不祥氣息。布告欄上貼出了防止人瘤病傳染的宣導海報，海報上的少女掛著冷冰冰的笑容，看起來更加詭異。
男人走進一年A班的教室，直接坐在最前排座位的椅子上。四人也各自就坐，圍成一個圓陣。
「幹麼一臉怕得要死？我跟這座城鎮又沒半點關係。放心吧，我找出凶手之後馬上就會離開。」
男人面帶微笑翹起腳，這麼說道。
「你剛剛說你的後輩被人殺死了。」丑男怯生生地開口：「那位後輩是壘地區出身嗎？」

「你猜得挺準的。那傢伙睽違四年回來這個鎮上，結果剛回仙台就被人殺死了。當初是我和他同行，那時就覺得居民的態度很詭異。我有點在意，一查之下發現壘地區在同一天還有兩個人被殺。」

紗羅不由得挺直身子。除了小紬和芽目太郎，還有別人死在那名殺人犯手上？她很難相信這只是巧合。

「這三起殺人案背後應該藏有共通的線索。這座城鎮肯定發生了什麼大事。你們能不能告訴我自己知道的一切？不管多瑣碎的事都可以，全都一五一十地說出來吧。」

男人細細看過四人，誠懇地請求他們。

四人在夜晚的教室內互相交換了眼神，接著各自點了點頭。丑男代表四人回答：

「我知道了。」

「謝了。那我們就馬上切入主題吧。那個死在瘤塚的小孩子是你們的同班同學，沒錯吧？」

「嚴格來說，是原本的同班同學。她今年一月就失蹤了。」

丑男鉅細靡遺地解釋四人經歷的所有事件，從一年前發生的施暴案、小紬失蹤之後又在地下室重逢、昨天的監視行動、最後是今天早上發現屍體的經過。男人雙手抱胸仔細聆聽丑男說明，途中不時提出疑問。當丑男說到一行人發現小紬和芽目太郎的屍體時，時鐘的指針已經指向半夜一點。

「我終於明白為什麼那傢伙遲遲不肯回故鄉了，這座城鎮還真是瘋到不行。」

男人說著並叼起香菸，像是在整理思緒。

「所以你聽完之後有弄懂什麼事了嗎？」

美佐男怯懦地問道。男人默默靠在椅子上，接著緩緩開口：

「我知道是誰殺死芽目太郎和小紬了。」

一時之間寂靜無聲，眾人大約沉默了十幾秒。

「真的嗎？」

丑男懷疑地問道。

「真的，不過我可不是只聽你們的隻字片語就推理出這個結果。」

男人點燃香菸，稍稍伸展了身軀後，如此說道。

「什麼意思？」

「我是在仙台的人渣按摩店工作。喂喂，別露出那種眼神。你以為只有滿嘴口臭的大叔才會去光顧特種行業嗎？來店裡的客人大部分可是正經人，都做些一板一眼的工作。而店裡有幾位常客就是警察。我只要匿名威脅一下，他們就會偷偷把偵查不公開的資料提供給我啦。」

「上、上頭都寫了些什麼啊？」丑男湊上前問道。

「大部分情報都沒啥鳥用。像是凶手擦去凶器、門把的指紋、現場遺留的物品無法鎖定凶手身分之類的。還有作為凶器的鐵鎚，原本隨手放在管理所前方的工具箱裡，任何人都有可能拿去行凶。這點線索根本找不出凶手。

不過所謂的線索只要拼湊一番，就能明白各種狀況。我聽完你們的解釋之後，想到了兩個問題點。一是那名慘死的管理員大叔——芽目太郎，他遭到殺害之前曾經跟某個男人談過話。我已經取得那個男人的證詞。」

「有這麼一個人嗎？」

「那個大叔名字叫做阿賢，是在隔壁鎮上開藥局維生。他跟芽目太郎都是孤家寡人，很合得來，會一起在西二番町的居酒屋喝酒。那個大叔在二十四日的下午一點半——也就是你們離開管理所幾分鐘後，曾和芽目太郎通過電話。」

「他們談了些什麼？」

「芽目太郎拜託阿賢拿頭痛藥給他。他說芽目太郎有頭痛的老毛病，那時候痛到受不了。」

「啊、口袋裡的那包頭痛藥就是他拿來的？」

男人聽丑男一說，搖了搖頭。

「不是。就算是老酒伴拜託，阿賢也不可能為了他關店，所以阿賢拒絕了芽目太郎。屍體口袋裡的羅剋靈和阿賢無關。」

「這樣的話，那包羅剋靈是從哪裡冒出來的？」

「這就是第一個問題。順帶一提，藥錠的鋁箔包裝上沒有擦掉指紋的痕跡，還留有芽目太郎的完整指紋。你們不覺得很有趣嗎？他明明頭痛到要打電話請阿賢拿藥過來，口袋裡怎麼還有頭痛藥？

第二個問題就更莫名其妙了。我覺得司法解剖報告書有點可疑。我手上並沒有拿到全部的資料，但大致上內容還算清楚。報告書上並未明確記載死因，不過兩人的確是死於失血性休克。

問題在於死亡時間的判定結果。小紬死於二十四日的下午三點到傍晚五點之間，而芽目太郎死於下午一點半到下午三點半之間。你們明白這代表什麼意思嗎？」

男人揚起無所懼的微笑。丑男臉色一沉，倒抽一口氣。

「我不知道兩人死亡時間的推算結果為什麼會錯開。可能是因為只有管理室開著暖爐，導致兩人屍體現象進程不同。法醫推算死亡時間的時候自然會將這一點列入考量，而且我不認為兩人是各自在不同時段遭到殺害，所以凶手的作案時間應該就是兩人共同的死亡時間——也就是下午三點到下午三點半。掉在地下室地板上的類比時鐘正好停在三點，可以證實這個推測無誤。」

「請等一下。」

丑男的聲音隱隱顫抖。男人愉快地揚起嘴角。

「怎麼啦？」

「用類比時鐘的時間推算作案時間，會不會太隨便？時鐘可能是在小紬被攻擊之前就停了啊？」

「傻瓜，那個時鐘不是乾電池式，而是插電式時鐘。代表時鐘是掉到書架後面時扯掉電源線，指針才停下來。

文字盤上的玻璃噴到幾滴血。假如那個時鐘在凶手犯案前就掉進書架後方，怎麼可能會沾上血跡？所以小紬和凶手扭打的時候，時鐘還放在書架上方，電源線也好端端地插在插座上。換句話說，時鐘當時確實正常運作。」

「道理上是沒錯。可是二十四日的下午三點到下午三點半，我們還在這附近監視。我就待在管理所旁邊，美佐男在學校正門，國雄也盯著後門，根本沒有別人進到學園裡。你說凶手要怎麼抵達犯案現場？」

「我倒想問問你。你真的始終緊盯著管理所，一分鐘都沒有離開崗位嗎？」

「這……」丑男一時語塞：「我、我頂多去校舍上個廁所啊。」

「你看，這不就對了。而且你也不是監視管理所入口。你是躲在管理所後面，準備隨時接到電話就馬上從窗戶闖進去。建築物外面似乎很難聽到門鈴聲啊。」

「就算凶手進得去管理所又如何？他必須經過中學的校地才能抵達瘤塚。其他兩個人還盯著學校正門跟後門，凶手不可能到得了瘤塚管理所。還是你覺得凶手跟電影的間諜一樣，可以輕鬆躲過三個人的監視？」

「大概躲不了吧。」男人直率地笑了笑，說道：「那事情就更單純了。殺死小紬跟芽目太郎的凶手，就在你們四個人當中。」

14 紗羅

半夜兩點的教室裡，五名男女坐在一起，圍成一個圓。

自稱加峰的男人默默叼香菸，把打火機遞給丑男。

「抱歉，幫我點個火吧。」

「咦？」丑男疑惑道：「為什麼叫我？」

「別管那麼多，快點。」

男人強硬地說。丑男用右手按下打火機的點火開關，點燃香菸。一道炫目的火光照亮黑夜圍繞的教室。

「你剛才說什麼鬼話。凶手就在我們之中？少在那邊胡說八道！我們沒事幹麼殺死小紬？」

國雄耐不住性子，緩緩站了起來，一步步逼近男人。男人低頭抽著菸，不發一語。

「你說話啊！」

「我說啊，我怎麼可能知道凶手的殺人動機？我現在就告訴你們凶手是誰，你自己去問他吧。」

男人說完，將口中的煙霧噴向國雄的臉。國雄氣得想上前揪住男人衣領，丑男隨即舉起右手制止他。

「加峰先生，我也不能認同你的說法。就算勉強先承認我們四個人都有嫌疑，凶手仍有可能另有其人。」

「你想說什麼，就給我說清楚點。」

「比方說，先假設二十四日當天，凶手早在我們來學校之前就躲進校地裡。我們不可能仔細調查校舍每個角落，所以凶手十分有可能藏身在校園裡面。」

「這說法不過是紙上空談。假如我是凶手，我一發現有中學生在學校附近亂晃，當下就會放棄行凶了。」

「凶手不一定是從正門或後門進入校園，也是有可能穿越雜木林翻牆進來呀。我們只有四個人在監視，凶手運氣夠好，也是有可能不撞見任何人就抵達管理所。」

紗羅插嘴說道。男人聞言，裝模作樣地搖了搖頭。

「什麼歪理都說得通。你們別忘記最重要的一件事。管理所走廊通往地下室的樓梯可是藏在木地板下面，外人很難發現。凶手一定知道小紬的所在地，所以才有辦法走進地下室。芽目太郎原本打算誓死隱瞞小紬的所在地，他只將這個祕密透漏給一個人，那就是妳，紗莉。如果妳只把這個祕密透漏給其他三個人，那麼嫌犯就肯定是這四個人裡的其中一人。」

男人的解釋十分合理。紗羅冷靜之後仔細想了想，警察一定是懷疑自己，才會在派出所訊問自己長達四個小時。

「你們沒話可說的話，我就繼續解釋了。雖說你們四個人都是嫌犯，但只有一個人可以馬上排除嫌疑。就是妳了，紗莉。」

「……我？」

「當然只有妳。妳跟蹤那個姓林的前任班導師跑去壘住宅區，行凶時間正好待在學校外，有不在場證明。青年會那群傢伙應該也會作證，對妳來說算是因禍得福。」

「給我等一下。」國雄插嘴道：「紗莉根本不知道自己是幾點到幾點去了壘住宅區啊。我不是懷疑紗莉，可是時間這麼不確定，怎麼算得上不在場證明？」

「你想得太簡單了。紗莉第一次進到地下室的時候，從通風口聽見兩個男人在說話。反之，壘住宅區好像也出現鬧鬼傳聞，說是區內聽得見女孩的哭泣聲。簡而言之，地下室和壘住宅區可以透過通風口彼此聽見兩地的聲音。這樣一來就能解釋，羽琉子引發咳嗽反應逃離A棟的時候，青年會成員聽見的不明尖叫聲是從哪裡傳來的。」

紗羅的耳朵深處再次響起壘住宅區聽見的叫聲。

——不要！

「用不著我說吧？當時發出慘叫聲的不是羽琉子，是小紬。凶手攻擊小紬的時候，小紬死前的慘叫透過通風口傳到壘住宅區。而紗莉在壘住宅區聽見這聲慘叫，妳當然不可能是凶手。所以嫌犯就是剩下的三個人。」

男人說到一半，雙眼黏膩地掃過丑男、國雄跟美佐男的臉。

「我們現在來重新整理凶手的行動吧。凶手在下午三點前離開崗位，前往管理所。他從屋簷下的工具箱拿走鐵鎚，按了門鈴，讓芽目太郎打開門鎖後，用鐵鎚猛敲芽目太郎的臉。接著他沿著樓梯走向地下室，經過一陣扭打後敲死了小紬，還將腦瘤一顆一顆敲爛。最後迅速擦掉現場的指紋，若無其事地回到自己的崗位上。

這些行動乍看之下歸納不出凶手身分，不過現在放棄還太早。芽目太郎的酒伴阿賢的證詞就在這裡派上用場。二十四日下午一點半，芽目太郎打了通電話，請阿賢拿頭痛藥過來。

照理來說，芽目太郎打電話給阿賢的時候，手上應該沒有頭痛藥。然而你們發現屍體時，卻在芽目太郎的褲子裡找到羅剋靈藥錠。換句話說，芽目太郎打完電話後，有個人拿了羅剋靈給他。我們自然會合理懷疑，這個拿藥的人就是凶手。」

男人眼神銳利，紗羅不禁吞了口口水。鬧區的藥局一定有賣頭痛藥，任何人都買得到。只靠這點線索不可能鎖定凶手身分。

「你們下午一點前往管理所的時候，芽目太郎曾經抱怨手上沒有頭痛藥。凶手回到管理所之後，拿著羅剋靈在貓眼前面現一現，讓芽目太郎自己打開門。芽目太郎太需要藥錠，一開了門，凶手就拿著鐵鎚朝他頭上招呼。芽目太郎不知道是偶然還是刻意，他收到藥錠時順手收進口袋裡，就這樣斷了氣。

不過此時出現一處矛盾。凶手會擦拭門把或鐵鎚，代表他擔心留下指紋——也就是說，凶手沒有戴手套。但是藥錠的鋁箔包裝上卻只找到芽目太郎的指紋，這是為什麼？」

「凶手可能也擦掉鋁箔包裝上的指紋了？」

「那芽目太郎的指紋應該會跟著消失才對。」

「他或許是先擦掉所有指紋，再抓著芽目太郎的手指沾上指紋。」

「不對，他沒道理多費功夫。假如凶手發現芽目太郎收起了藥錠，他可以直接拿走整包藥錠。明明發現自己留了東西在命案現場，怎麼可能棄置不管？」

「那加峰先生怎麼解釋這個矛盾處？」

「很簡單。凶手沒注意到芽目太郎收起藥錠，鋁箔包裝又沒有沾上其他指紋，也就是說凶手要麼戴著手套，要麼就是不需要擔心留下指紋。」

「這不就繞回來了？凶手既然不需要擔心留下指紋，他又何必擦門把？」

「為了偽造現場。凶手明知道門把不會留下自己的指紋，仍故意將門把擦乾淨。他擦拭鐵鎚握柄應該也是基於相同動機。凶手認為這麼做能讓自己排除在嫌疑犯之外。」

「我還是不太懂這麼做有什麼用意。」

「用意其實很單純。這個人靠著『擦指紋』這個行動就能排除自身嫌疑，代表他不需要多此一舉——也就是說，他原本就用不著擔心自己會留下指紋。這裡只有一個人符合這個條件。

芽目太郎收起來的鋁鉑包裝上沒有其他指紋，原因在於**凶手的手上沒有指紋**。你把指頭伸出來看看。一年前，那個腦袋有問題的老師硬是燒爛你的手掌，對吧？多餘的小手段反倒害了你自己。殺死芽目太郎和小紬的凶手就是你，丑男。」

●
●
●

「又不是蟑螂，怎麼會打一下就死掉——」

丑男嘶啞的聲音彷彿被吸入夜幕之中，戛然而止。

「你這話當真？這傢伙怎麼看都已經死了啊。」

「他、他怎麼可能死掉，別亂講！」

丑男抱頭大喊，接著撞開國雄，一把抓住男人的肩膀。

「你幹麼裝死！不要開這種無聊的玩笑！」

丑男猛搖男人的肩膀，男人的頭彷彿鐘擺般搖來搖去，左右噴灑血沫。後腦勺的傷口更是血流如注。

「混蛋，你給我搞清楚狀況！」國雄吼道：「屍體又不可能復活！」

「人不是我殺的！是他自己去撞到頭！」

「嗄？是你推他，他才撞到頭吧。」

「誰叫他亂講話……」

「一個人亂講話不代表他該死吧？」

「我怎麼知道他會死掉……」

「哈哈哈哈哈哈，老子才不會死咧！」

一道洪亮的嗓音響遍整間教室。

四人目瞪口呆地望著躺成大字形的男人。丑男先是鬆了口氣，接著馬上發現男人的嘴巴毫無動靜，便慌張地四處張望。

「還有誰在這裡？」

笑聲仍舊迴盪不止。

「啊！」

美佐男驚呼一聲，蹲下身，從地板撿起一個小零件。那是一條上下延伸的金屬絲，外型像是一條彈簧，上頭還沾滿黏液。

「我看過這東西。」丑男語帶顫抖地說：「我媽媽也戴過這個，這是支架。」

「剛剛地上還沒有這種東西呀。」

「加峰先生該不會是……」

丑男吞了口唾沫。美佐男默默拉起男人的襯衫，從皮帶間抽出襯衫衣襬向上捲。

「這群瘦皮猴小鬼，終於見到你們啦。唔齁，空氣真清新啊。你們傻了呀，又不是小處男跑去廉價按摩店買春，結果買到更年期後的老太婆。一個個嘴張那麼大幹麼？」

男人的肚臍左上方浮出一張青蛙臉。可能是他倒地時，腦瘤的支架撞到鬆脫了。

「你就是丑男？『丑』是牛吧？你長得還比較像馬臉。」

「我、我想請問一下，」丑男掙扎了老半天，終於問道：「加峰先生真的死了？」

「哈哈哈，你還真是問了個好問題。如你所見，這個身體原本的主人已經掛了。怎麼看都是當場死亡。可是這具身體還活著。因為有我們在，心臟還活蹦亂跳咧。」

「所以他沒死囉？太好了，這樣我就不算殺人了。」

丑男激動地破音尖叫。

「不過小紬和芽目太郎都是你殺的吧？」

國雄冷冷地說。

「我才沒殺人！喂，加峰先生剛才的推理都是胡扯的吧？」

丑男質問腦瘤。腦瘤一聽，笑聲顯得更加愉快。

「這傢伙當真相信你是凶手。不過可惜了，他是個廢到不行的偵探，大腦根本沒長幾條皺褶。你們幾個聽好了。那兩個人不是丑男殺的，凶手另有其人。」

周遭頓時陷入沉默，彷彿時間靜止了似的。國雄的質疑打破這份沉默。

「你說丑男不是凶手？剛才的推理明明很合理，你別隨口亂扯啊。」

「現在是怎樣？國雄真的認為我是凶手嗎？」

丑男抓住國雄的肩膀，激動大吼。

「我沒這麼說。既然他覺得你不是凶手，至少也要提出個說法吧。」

「吵什麼吵。」腦瘤語帶譏諷地說：「你就是國雄啊。你看起來就是一沒人管，馬上就會因為賭博或傷害罪被警察抓走。隨便相信大人的鬼話，將來可是要吃大虧。剛才的推理簡直鬼扯。」

「真對不起啊，我就生得一副壞人臉。可是羅剋靈的鋁箔包裝的確沒有凶手的指紋。門把、鐵鎚的指紋又被擦掉了。你說丑男不是凶手，那要怎麼解釋這個矛盾？」

「你仔細想想。芽目太郎是在管理所門口被敲爛臉孔致死。他打開門鎖，正要讓凶手進門，鐵鎚就直接往他臉上來一記扣殺。換句話說，凶手是在開門的一瞬間揮動鐵鎚。明白了嗎？」

「明白是明白，但這跟凶手的身分有什麼關係？」

「你怎麼還聽不懂啊？芽目太郎讓別人進到管理所的時候，總是只打開門鎖，不會主動開門。也就是說，凶手必須自己轉開門把開門。凶手在這種狀況下，當然要一手握門把，一手握鐵鎚。怎麼可能像這個廢物偵探說的，把左手塞進口袋裡？」

丑男佩服地輕嘆。腦瘤笑嘻嘻地來回看著四人。

「請等一下。」美佐男像在上課一樣，舉手發問：「凶手假如手指夠靈活，也可以用握著鐵鎚的手轉開門把開門吧？」

「你這小子有在聽我說話嗎？凶手是在開門的一瞬間出其不意，一口氣敲死芽目太郎。他握住門把的時候，若非已經舉起鐵鎚，至少也是用慣用手抓著。我不覺得凶手會用那麼詭異的方式開門。」

「你說芽目太郎是在開鎖的下一秒就遭到殺害，你有證據嗎？」

紗羅忽然插嘴道。腦瘤訝異地閉上嘴，若有所思地勾起嘴角。

「哦？妳這話是什麼意思？」

「凶手也有可能是進到房間裡一陣子，才下手殺死芽目太郎。芽目太郎只是剛好倒在門口附近，看起來才會像是凶手一進門就下殺手。凶手只要把鐵鎚藏在上衣裡，就可以將左手插在口袋裡，同時用右手開門。」

「原來如此。妳是動了點腦筋，結果卻漏了最重要的一點。屍體腳上穿的不是室內拖鞋，而是運動鞋。代表芽目太郎換上運動鞋是為了開門鎖，卻在開鎖之後馬上遭到殺害。對不對？」

紗羅在腦中反覆思考腦瘤的說法。這顆腦瘤口氣惡毒，提出的說法卻非常符合邏輯。

「媽的，我越來越搞不懂了。」國雄說：「所以丑男真的不是凶手囉？」

「還不能確定。不過剛才的推理只建立在一種前提上，那就是丑男有辦法不留指紋行凶。但是冷靜想想馬上就會發現，這個前提根本在騙小孩。丑男再怎麼仔細清掉指紋，都無法徹底排除自己行凶的嫌疑。當然也有可能是丑男笨到想不通這一點。無論如何，我們得從頭再解一次謎題啦。」

「所以你還是不知道凶手是誰？」

紗羅這麼一問，腦瘤大膽地一笑。

「妳以為老子就是個半吊子嗎？我早就知道你們之中哪一個是凶手。

剛才的推理開頭倒是不錯。二十四日下午一點半，芽目太郎跟酒伴阿賢討了頭痛藥。結果屍體口袋裡莫名其妙冒出一包頭痛藥。假如芽目太郎有老人痴呆倒還好解釋，可惜他不是。

這裡特別要注意一點，芽目太郎的褲管側面被人扯鬆了。倘若芽目太郎為了保命和凶手來一場互毆，倒還能解釋這扯鬆的痕跡怎麼來的。但是芽目太郎是被鐵鎚敲破腦袋，當場掛點。管理室內又沒有打鬥的痕跡。那麼芽目太郎的褲子為什麼會被扯鬆？」

「難不成……」丑男倒抽一口氣：「其實是芽目太郎殺死小紬嗎？是小紬跟芽目太郎扭打的時候，不小心扯鬆他的褲子。」

「哈哈哈，假如真相真是這麼回事，那還挺有趣的，可惜並不是。鐵鎚是掉在地下室，所以凶手的確是先殺死芽目太郎，才走到地下室，用同一把鐵鎚殺死小紬。不過牛小弟，你的著眼點還不錯。管理室裡的物品整整齊齊，地下室卻明顯留有打鬥痕跡。合理推測凶手是趁芽目太郎一不注意就宰了他，而小紬卻不同，她曾經拚死掙扎過好一陣子。凶手若想徹底解決一名奮力抵抗的女孩子，褲子不小心被扯鬆也不意外。」

「你的話越講越奇怪了。」

國雄隨即反駁。紗羅也深有同感。她回想案發當天三人的裝扮，沒有任何人的服裝特別凌亂。

「你們年紀輕輕，腦袋靈活點行嗎？為什麼芽目太郎明明是當場死亡，褲子卻鬆了一塊？為什麼芽目太郎明明很缺頭痛藥，褲子裡卻裝著藥錠？答案簡單到不行。**凶手把芽目太郎的褲子換成自己穿的褲子**了啊。」

「喔！」美佐男恍然大悟地驚呼。腦瘤看過四人的表情，得意地笑了笑。

「芽目太郎平時老穿著海晴市立第一中學的制式運動服。他身上的衣服和你們這群學生穿的應該是同款式。就算色澤、尺寸稍有不同，乍看之下很難發現兩者對調褲子。

凶手行凶的時候和小紬打了起來，不小心被小紬扯鬆褲子的側面。無論凶手如何冷酷策畫殺人計畫，也沒料到這個意外。萬一讓人瞧見肯定會招人質疑，又不可能穿著一件內褲跑出管理所。

凶手這時猛然發現芽目太郎和自己穿一樣的褲子。他當下想必覺得喜從天降吧。運動服布料紅得跟番薯皮沒兩樣，稍微沾了點血也不顯眼。於是凶手脫了芽目太郎的運動褲，把自己的褲子套在他身上，最後若無其事地離開管理所。他大概只顧著趕快逃離現場，忘記羅剋靈藥錠還放在自己的褲子口袋裡。」

「那真正的凶手到底是——」

丑男揑著下唇說道。

「你急什麼。判斷凶手的條件總共有三點。一是案發當天隨身攜帶羅剋靈。不過有偏頭痛的中學生到處都是，羅剋靈又是市售成藥，任何人隨身攜帶這種藥都不奇怪，所以單憑羅剋靈不可能找出凶手。

第二個條件是在案發當天穿著學校的制式運動服，不然對方不可能對調褲子。各位嫌犯，你們現在自己說說看，自己二十四日當天穿什麼衣服?」

三人不知所措地看了看彼此。最後，丑男率先打破這股沉甸甸的靜默。

「我當天穿便服，然後我記得美佐男和國雄都穿著運動服。」

「哦，是嗎?你們自己也承認?」

美佐男和國雄聞言，緩慢點了點頭。

「這下子嫌犯過濾到兩個人啦。剛好，還剩最後一個條件。凶手的第三個條件，就是行凶之後來不及回家。」

「來不及回家？這是什麼意思？」

「就是字面上的意思。凶手再怎麼慌亂，還是會猶豫該不該把自己的衣服遺留在命案現場。海晴市立第一中學的學生，在入學時必須買上兩件運動服，對吧？假設凶手的家離學校不遠，他偷偷跑回家換穿另一套運動服不就得了？但是凶手沒有回家，反而跟芽目太郎交換褲子。這又是為什麼？」

國雄額頭滲出汗水，來回看了看腦瘤和美佐男。美佐男低著頭，不時抬頭偷看國雄的表情。腦瘤則是勾起嘴角，笑得令人生厭。

「我就坦白說吧。美佐男，你家好像就在壘住宅區裡頭。來回瘤塚和你家一趟頂多三十分鐘。你又負責學校大門，真想偷偷溜回家也不怕被人看見。想換衣服就直接回家換，根本不需要偷換屍體的褲子。我有說錯嗎？」

「你、你說得沒有錯。」

美佐男的聲音細如蚊鳴。所有人的視線轉向國雄。

「我、我的話——」

「你天黑之前必須去幼稚園接小妹，對吧？」

丑男面露微笑。國雄一把揪住丑男，美佐男則是上前介入阻止兩人。

「答案出來了。就算騎腳踏車比較快，從瘤塚到郊區的當鋪來回一趟仍然要花上一個小時。你如果先跑回家換衣服，就來不及去幼稚園。所以你無奈之餘才換上芽目太郎的褲子。只有一個人符合凶手的所有條件。國雄，就是你殺死那兩人。」

「我是凶手？你說我殺了那兩個人？」

國雄現在的態度，和十五分鐘前的丑男一模一樣。

「我很不想這麼說，」丑男似乎有些得意，說道：「不過剛才的推理確實很合理。」

「你現在倒是翻臉不認人了。這傢伙剛才還說你是凶手，你敢信他？」

「他論述正確，我沒道理不信。再說，你想反駁就拿出證據來。這話剛才可是國雄自己說的喔。」

國雄一時語塞，氣得肩頭直發抖，他的雙眼先是狠瞪丑男，接著轉向腳邊的腦瘤。

「你的推理有問題。我根本沒殺人。」

「殺人犯好像都會這樣反駁。」

「我憑什麼非得殺死小紬不可？」

「我剛才說過啦，誰知道你殺人動機是什麼？搞不好只是看到以前的同班同學全身長滿瘤，覺得很噁心才下手。」

「混蛋，小心老子宰了你！」

「哈哈哈哈哈，想殺我第二次？想殺就來啊。」

國雄正要一腳踹向腦瘤，男人忽然動作僵硬地舉起右手，抓住國雄的腳踝。國雄頓時一愣，單腳踩了幾步就摔倒。

男人的右手就像提線人偶一樣扭曲，動作笨拙地撿起地板上的支架，塞進腦瘤窄小的嘴裡。右肩膀反常地不斷抖動。

「唔呃！混帳、你這傢伙到底、想幹什麼！」

腦瘤瞪著自己的右手大喊。他拚命想吐出金屬線，右手又強硬地把金屬線按進嘴裡。金屬線刺穿腦瘤下唇，流出絲絲鮮血。

「你到底在做什麼？」

丑男疑惑地問道。

「他該不會——」

國雄迅速跳起身，脫掉男人身上的外套，扯開襯衫露出右肩膀。一顆大腦瘤長在肩膀上，外型比側腹旁那顆大了一圈。這顆腦瘤正一臉不悅地左右扭動。國雄情急之下把手伸進他嘴裡，拿下支架。

「痛死我了！」腦瘤大喊：「輕一點！不然我就不幫你了！」

「你、你要幫我嗎？你知道我沒殺人對不對！」

「凶手是誰根本不甘我屁事。只是跟我同居的這傢伙囂張成這樣，實在讓我很不爽。」

右肩的腦瘤愉快地說著，並且看向側腹。下方那顆腦瘤被強塞金屬線，已經翻白眼昏了過去。

「你們太容易相信別人說的話了吧。剛才的推理那麼扯，還故意無視現有的證據，你們怎麼都沒發現？」

「所以凶手——」

「當然不是國雄，真正的凶手另有其人。」

眼前的既視感搞得紗羅頭昏眼花。

丑男被指成凶手彷彿是很久以前的事。那名自稱加峰的男人做出推理，而腹部的腦瘤否定了男人的判斷，做出自己的論述，結果右肩的腦瘤又否定腹部腦瘤的論述。

「你說故意無視現有的證據，那是什麼意思？」

丑男往下看著腦瘤問道。

「你還不懂？就是指紋。頭痛藥的鋁箔包裝沾著芽目太郎的指紋啊。假設凶手真的和芽目太郎交換運動褲，凶手口袋裡的頭痛藥怎麼會沾上芽目太郎的指紋？」

「凶手想偽造現場——」

「怎麼可能？凶手如果發現頭痛藥留在口袋裡，何必故意留在命案現場？早就直接帶走了。凶手貼心地把證據留在現場，對自己根本沒好處。」

「那為什麼頭痛藥會──」

「臭小鬼，別老插嘴！聽好了，揪出凶手的關鍵還是在指紋上。凶手明明小心翼翼擦掉命案現場的指紋，芽目太郎收起來的頭痛藥包裝又只沾了自己的指紋。該怎麼解釋這個矛盾？

我剛才已經解釋過，擦掉門把、鐵鎚上的指紋偽造現場，還有凶手交換褲子，這兩種說法都說不通。那我們可以想得再簡單一點。

凶手拿頭痛藥當誘餌，引誘芽目太郎開門。芽目太郎被凶手敲打臉部，下意識將鋁箔包裝收進口袋，直接斷氣身亡。那麼鋁箔包裝上理應沾上凶手的指紋。

凶手一開始沒發現頭痛藥，後來才赫然發現自己留下致命的證據。警方一旦採集到包裝上的指紋，凶手就完蛋了。凶手急忙避開眾人，偷偷換掉現場的頭痛藥包裝。掉包後的包裝上當然會用芽目太郎的屍體偽造指紋。就是這麼回事。

至於怎麼靠這點鎖定凶手？只要找到有機會掉包鋁箔包裝的那個人就行了。兩個死者在二十四日下午三點遭到殺害，你們則是在二十五日早上七點過後發現屍體，還有警察到場之前。誰能在這段期間掉包鋁箔包裝，那個人就是凶手。」

腦瘤嘲弄似地揚起微笑，一一比較四人的表情。

「我覺得這個條件還不足以鎖定凶手。」

現場沒有人答話，紗羅只好主動開口。

「哦？原因是？」

「比方說，凶手在二十四日半夜偷偷跑出家裡去了瘤塚。大家在這種時段都沒有不在場證明啊。」

「也是，那就追加條件吧。這時候得先思考，凶手為什麼要特地對調鋁箔包裝？」

「你剛剛自己說過了，他不想讓指紋留在命案現場啊。」

丑男不滿地嘟起嘴。

「這才不是動機。凶手只是不想留下指紋，直接從屍體的口袋抽走鋁箔包裝還比較省事。你們一直聽到這個問題，差不多聽到耳朵長繭了吧。凶手為什麼沒有拿走頭痛藥，而是特意換成另一包藥？

不用想得太複雜。你們當初發現屍體的時候，已經察覺口袋裡有一包鋁箔包裝。而凶手知道這件事，所以他不敢直接拿走。也就是說，凶手在發現屍體的當下就待在管理所裡頭。」

四人一聽完腦瘤的解釋，彼此面面相覷。

「發現屍體的時候，我、美佐男、紗莉三個人都在場。」

丑男語氣顫抖地低喃。其他人仔細消化剛才的描述，點了點頭。

「看來是中了吧。紗莉有不在場證明，所以嫌犯剩下丑男和美佐男。你們兩個，誰有機會在趁著發現屍體之後到警察抵達前掉包鋁箔包裝，誰就是凶手。

不過也用不著討論了。丑男騎腳踏車去派出所叫警察，他可沒機會製造偽證。所以嫌犯只剩下一個人。凶手就是你，美佐男。」

美佐男雙手捧著臉頰，呻吟似地張開嘴。

「我是凶手？怎麼會？」

腦瘤吐著舌頭，愉悅地大笑。

就在這時，教室的拉門忽然應聲開啟。

15 加峰

「波波大哥介紹來的貴客，我可不能拒接啊。波波大哥還在幹管理顧問的時候，經常委託我做客戶的徵信調查。當然，有時也會拜託我調查按摩小姐的身家背景。我自己還光顧過『摘瘤小姐』幾次，不過那已經是四年前的事了，加峰先生當時還沒進店裡呢。」

油島搔搔金髮小平頭，語帶懷念地說。

這裡是山形市郊外的住商混合大樓。二十五日上午十一點過後，加峰來到這棟大樓的八樓，和這名自稱偵探的男人隔著會客桌面對面。

大約三個小時之前，加峰在貨車貨櫃裡發現後輩慘不忍睹的死狀。

仁太的身體被硬生生擠進貨櫃地板下方的空洞。他的後腦勺疑似遭到鈍器毆打，變得像是碎裂的石榴，皮開肉綻。這處傷口已經足以致命，然而他的脖子還被麻繩勒住，麻繩緊緊咬進瘀血的皮膚裡。這絕對不是意外，仁太是受某人殘殺而死。

仔細觀察就會察覺，仁太的鎖骨偏上方還有一處刺傷，像是用尖刺猛刺了一番。刺傷沒流多少血，卻在頸部留了個洞。想必凶手恨仁太恨到骨子裡了。

加峰窺看地板下的空洞，一只不銹鋼工具箱棄置在裏頭。工具箱上蓋開著，工具四散在箱外，能看到整捆麻繩、螺絲起子等等。加峰拿起金屬錐子，錐尖沾了紅色血跡。凶手就是用這玩意刺穿仁太頸部。

「到底是為什麼！」

仁太前不久還高興地慶祝店裡時隔一年重新開幕。加峰腦中浮現仁太當時的笑容，不由得一陣鼻酸，無力地癱坐下來。

加峰這時忽然聽見有引擎聲漸漸靠近山路。他急忙爬出貨櫃。數十公尺外的山壁旁看得到巡邏車的迴轉警示燈。

自己要是坐回駕駛座啟動引擎，巡邏車肯定會追過來盤查。警察不可能眼睜睜放過一輛可疑貨車，更別說司機還是一個全身燒傷的男人。加峰縮起背，逃進茂密的草地裡。

「喂、我聞到腐臭味了。」

加峰一個勁往山坡狂奔，後頭的風夾帶模糊的說話聲，傳進他耳中。那應該是警察之間的對話。自己剛才若是留在貨櫃哩，可能會以棄屍現行犯的身分遭到逮捕。加峰頭也不回地奔走在杉木林間。

他只跑了十五分鐘就抵達一座小村落，算是不幸中的大幸。一棟棟平房排列在雜草叢生的休耕田地之間。馬路旁的電線杆綁著標示牌，上頭寫著「距離山形車站還有十五公里」。

加峰一邊張望一邊走進一座民宅的院子，找到一輛機車，鑰匙插在鑰匙孔上。機車的油箱還是滿的。加峰抬頭望了望四周，隨即跨上坐墊，催動引擎。

「老人家騎車危險極了，不如拿來貢獻社會。」

全身上下的燙傷還隱隱作痛，他可沒那個閒工夫悠哉。加峰撐起傷痕累累的軀體，騎著車飛快趕往山形市區。

「原來如此，所以你來找我，是想弄清楚後輩仁太遭人殺害的原因啊。」

油島坐在沙發上，輕撫嘴唇深思，緩緩說道。

這間偵探事務所位於住商混合大樓的頂樓，門牌和律師、行政書士（註3）事務所招牌並列在一起。辦公室內和樣品屋一樣，井然有序，和偵探給人的印象天差地遠。這裡似乎只有一名員工，偵探本人還穿著T恤和牛仔褲，看起來就像大學生。加峰這個遍體鱗傷的男人莫名到訪，油島卻沒有面露一絲質疑，只是彬彬有禮地傾聽加峰的描述，並且不時在筆記型電腦輸入了些什麼。

「這案子真是非常有趣。說實話，偵探的大部分工作都很無聊。抓姦、身家調查還算好，很多案子根本像是幫客戶做人生諮商呢。我上週才剛聽完一位認識的離職教師訴苦，那抱怨簡直沒完沒了。」

「是嗎？」

「是呀，中學老師感覺真是辛苦。對方看起來需要下點猛藥，我就介紹給波波大哥了。」

「我們店經理？介紹給他做什麼？」

「這個嘛，我們有空再談。波波大哥店裡的員工都親自大駕光臨了，我當然不能保

3　為日本特有的法務相關國家資格，主要承接民法相關業務、代辦行政相關證明文件、文書或申請資料等。

留實力。就讓我們卯足全力破案吧！」

波波似乎有恩於油島，油島一再提到波波。波波之前提過油島會慣性說謊，但加峰幾乎感覺不出來。

加峰要求打電話到「摘瘤小妹」的辦公室，油島馬上就將手機借給他。他打過去只聽見電話答錄機的錄音，沒能和波波說上話。不過油島種種舉動都給了加峰好印象，稱得上直率、親切。

「不過這案子聽起來的確奇特。尤其是仁太的陳屍狀態，特別令人在意。凶手造成頭部致命傷，還用麻繩勒脖子、用錐子刺傷鎖骨上方，我不太懂這麼做有何意義。為什麼有必要一而再、再而三地殺死仁太？」

「凶手不是恨他入骨才這麼做……？」

「不排除這個可能性，但總覺得不太合理。凶手有可能為了洩憤，特地拿著錐子在肩頸處開個小洞？」

油島閉眼沉思了一陣子，最後放棄似地搖了搖頭。

「果然必須從整體思考一連串案件。我看過新聞，已經知道仙台迂遠寺通發生的那起案件。聽你這麼一說，應該是某個人刻意引發那起案件。」

油島凝視筆記型電腦螢幕，喃喃自語。加峰也抱持相同看法。

有人事先在貨車貨櫃安裝錄有咳嗽聲的卡式錄音機。也就是說，有不知名人士故意讓羽琉子聽見咳嗽聲，觸發她的咳嗽反應。

「仁太遭到殺害應該和迂遠寺通的案子有關聯。我就不客氣地請教一下，加峰先生，您針對這點有任何猜測嗎？」

油島從筆記型電腦前抬起頭，問道。

「我大概猜到是誰在把卡式錄音機藏在貨櫃裡。」

「是誰呢？」

「我們抵達壘住宅區的時候，有一群年輕小混混跑來監視我們，我想就是他們幹的。就是那群混蛋把羽琉子搬進貨櫃裡，他們有機會在地板下做手腳。那些傢伙一開始就打算讓羽琉子引發咳嗽反應。」

「原來如此，他們這麼做有何目的？」

「他們大概想讓整個社會更針對人渣吧。大家都知道，國會在澀谷事件之後制定了特殊傳染病防治法。只要引發比澀谷事件更悽慘的悲劇，法律或許更進一步限制人瘤病患者的人權。到時他們就能合法趕走所有礙眼的人渣。仁太打算阻止他們的計畫，他們才對他懷恨在心。」

「原來是這麼回事。乍聽之下滿合理的。」

油島仰望窗外冰冷的天空，視線再次轉回加峰身上。

「不過，這猜測完全錯誤。」

「啊？」

「仁太是基於別的原因遭到殺害。凶手也不是當地的年輕人。」

「你在說什麼？那你已經弄懂整件事的真相了？」

加峰半信半疑地問。油島便露出滿意的笑容。

「我還不清楚案件全貌，但我知道殺死仁太的凶手是誰了。」

油島說了句「不好意思」，站起身，拿著托盤走了回來。托盤上放著兩個茶杯。杯裡的昆布茶散發醇厚芳香，冉冉冒出熱氣。這裡果然是個人事務所，油島獨自負責所有業務。

「好了，我們剛才應該是提到殺死仁太的凶手。其實你的轉述中藏有一條大線索。請你回想一下，昨天兩位從海晴回到仙台中途，在羽良原休息站時聊過什麼。」

加峰按照油島指示，回憶兩人在羽良原休息站的對話。

「就跟我剛才說的一樣。我們在聊貨櫃裡的羽琉子很吵，大概是肚子餓了之類的。我問說『要拿什麼餵她』，仁太就半開玩笑回答『當然是海蟑螂啊』。就這樣。」

「就是這句話！」油島從沙發上跳起來大喊：「你冷靜思考一下。加峰先生抵達壘住宅區之後，仁太的雙胞胎哥哥就和仁太交換身分。也就是說，**羽琉子吃海蟑螂的時候，仁太並不在場**。但是仁太為什麼知道羽琉子會吃海蟑螂？」

頓時一股寒意湧上心頭。油島精準猜中問題點。

「請你鎮定聽我說。那個跟加峰先生一起前往壘住宅區的男人，以及回程坐在加峰先生身旁的男人，其實都是同一個人。這個結論才合乎常理。前者是假的仁太，不過後者也是假的。」

「等等，那些傢伙綁架仁太，打算讓雙胞胎哥哥代替仁太前往仙台。我驚覺仁太被掉包，才從派出所的置物櫃帶走真正的仁太。結果你現在跟我說連被綁架的仁太都是假貨，你在跟我開玩笑？」

「凶手的聰明之處就在這裡。凶手沒料到加峰先生會察覺掉包的事，卻靠著靈機應變撐過這次危機。

加峰先生提到自己衝進派出所的時候，辦公室的門上了鎖。你用鐵椅敲壞房門，進到辦公室應該會花上不少時間。留在貨車駕駛座上的假仁太——也就是雙胞胎哥哥趁隙繞過停車場，從後門走進辦公室。他迅速套上另一件防寒上衣，口塞抹布，躲進儲物櫃，等待加峰先生闖進辦公室。」

加峰不禁憶起進門瞬間的景象。

自己打開辦公室照明時，看到通往停車場的後門半開著。現在冷靜想想，他們把仁太關進儲物櫃，卻忘記鎖上後門，未免也太奇怪。或許就如油島所說，假仁太從停車場衝進辦公室時太過匆忙，甚至沒時間關後門。

「所以我根本被那群混蛋騙得團團轉。那些傢伙就這麼想綁走仁太？」

「不，凶手並不想綁架仁太。」

「嗄？那他為什麼和仁太對調身分？」

「當然是為了製造不在場證明。**雙胞胎哥哥想假裝弟弟還活著，製造自己的不在場證明**。這樣你明白了嗎？兩人在派出所對調身分的當下，仁太就已經遭到殺害了。」

加峰覺得自己的臉像是被痛毆一拳。打從自己沿著幹道前往壘住宅區之前，凶手早就殺死了仁太——有可能發生這麼離奇的事嗎？

「他們事先索取仁太的照片，又找來一個叫做金太的男人假扮員警。由此可知他們早就事先計畫這起殺人案。一開始仁太前往派出所的時候，哥哥就一個手起刀落，殺死仁太搶走衣服，偽裝成弟弟。派出所沒有血跡，由此推測哥哥應該是勒死仁太。

哥哥偽裝成仁太有兩個目的。第一個目的，不讓加峰先生察覺仁太出事。後輩莫名其妙失蹤，加峰先生一定會覺得奇怪，到處找人。

另一個目的當然是偽造不在場證明。他們想讓加峰先生作證——仁太是活著回到仙台。那麼之後在仙台附近發現屍體，壘地區的居民就能擺脫嫌疑。哥哥棄屍之後不慌不忙地回到海晴市繼續工作，就不會有人猜到壘地區派出所就是命案現場。即便哥哥真的被懷疑，只要請熟人證明自己當時在巡邏，就能輕鬆製造不在場證明。」

「原來如此。」加峰認真地點頭道：「所以雙胞胎大哥就是凶手。」

「是的，不會錯。這個男人想必十分機靈。然而聰明如他，卻發生兩個無法預料的狀況。

一是加峰先生藉由香菸和海報，驚覺兩人互換身分。這對凶手來說是一記大敗筆。不過他腦筋也動得很快，竟然能馬上從後門鑽回派出所，扮演被綁架的仁太，躲過一劫。

二是某人在貨櫃裡藏了卡式錄音機。哥哥可能向同夥表明真相之後，拜託他們在自己和加峰先生去壘住宅區商討契約內容的時候，趁機將屍體藏進貨櫃地板下。不過關於刻意誘使羽琉子引發咳嗽反應，他們應該毫不知情。如果他們事先知道計畫，應該不會把屍體藏進貨車裡。

哥哥原本打算假扮成仁太回到仙台，處理掉屍體後再返回壘地區。但是卡式錄音機促使羽琉子發狂，引發慘案。哥哥因此錯失棄屍的良機。再加上加峰先生駕駛貨車逃走，屍體反而在深山被人發現。」

加峰聽油島的解釋聽到入迷，茫然地呆坐著。這個男人外表看似三流大學生，居然以加峰的三言兩語作為線索，直接找出殺死仁太的凶手。一想到自己數分鐘前還對現狀束手無策，不由得覺得可笑。

「你真行啊。」

「不過這案子還存在疑點。我開頭也說過，我不知道凶手為何要破壞仁太的屍體。

仁太遭到勒斃的當下就已經斷氣了，為何還要敲破頭、用錐子刺喉嚨？」

「……會不會是想加強命案現場不在派出所的印象？你想想，假設死因是毆打致死，行凶現場應該會殘留血跡。可是派出所半點血跡也看不到，萬一被懷疑還能找藉口蒙混過關。」

「的確有可能，但這還是無法解釋刺傷頸部的動機。那點傷口應該流不了多少血。」

加峰張口想反駁，卻啞口無言。油島說得沒錯，仁太的哥哥若是事先擬好殺死弟弟的計畫，就無法合理說明他為何要費功夫毀損屍體。

「現有情報還不足以破案。我剛剛翻找了一下新聞網站，壘地區似乎還發現別的屍體。」

油島說著，將筆記型電腦螢幕轉向加峰。螢幕上列出許多東北地區的新聞標題。這些標題大多是迂遠寺通的相關報導，但右手邊出現一則簡短的標題：「海晴市壘地區驚見男子與少女死屍」。

「男女死屍啊。看起來是挺怪的。對了，前陣子不是才有中學爆發體罰事件？我記得那所中學好像就在這附近。」

「是，一月左右還在媒體上引發不少討論。這個地區果然發生什麼怪事。只仰賴你轉述的一切，推理的內容恐怕不夠完善。」

油島忽然站起身，一把摸過自己清爽的金髮，套上羽絨大衣。

「我要去一趟壘地區，親眼確認那裡究竟發生了什麼事。我很想請加峰先生一起同行，不過凶手認得你的臉，你再接近壘地區恐怕會遭逢不幸。請你先留在事務所，我明天就回來。」

加峰還沒反應過來，由島已經告訴他食物、生活用品的擺放位置，一鞠躬之後走出事務所。真不愧是偵探，動作神速無比。

加峰從窗戶俯瞰路面，正好一輛灰色小轎車靜悄悄地駛離大樓。

16 紗羅

教室的拉門應聲開啟。

「我聽完事情經過了。所有人面向前方排成一列。就是現在，快點！」

來人朝著張口結舌的中學生吼道。是派出所員警，金田。

「嗄？廢物警官現在跑來有何貴幹？」

「注意你的口氣。」

國雄一照面就出言不遜。金田面不改色地將槍口瞄準國雄。國雄的表情頓時僵住。

警察拿手槍瞄準中學生，這副景象未免太不真實了。

「那、那個……」美佐男怯生生地舉起手。
「什麼事？」
「加峰先生撞到頭，流了好多血。你能、能不能救救他？」
「加峰？人渣按摩店的店員嗎？」
金田望向倒在地上的人瘤病患者，挑起眉頭。
「哈、哈囉。」腦瘤方才還滔滔不絕，如今卻慌得舌頭打結。「你就是壘地區的駐警啊。你好你好。」
「這是誰？他跟加峰長得完全不一樣。」
「咦？怎麼會？他說自己是按摩店店員啊？」
「說什麼蠢話，你們上了這騙子的當了吧。我才不管這騙子是誰。快點排好，不然我要開槍了。」
「你、你為什麼要這麼做？」
「你們知道太多了。很遺憾，我不得不這麼做。」
金田確認四個人排好隊，要求他們直接到走廊上。槍口仍不偏不倚指著四人。紗羅頓時覺得自己成了俘虜，無可奈何地走向走廊。
「我只告訴你們一件事。這個金髮男偷看的司法解剖報告應該沒有紀錄兩人的死因。他認為兩人都是死於失血性休克，但是他猜錯了。」

金田故弄玄虛地停頓一下，繼續說道：

「小紬的確是死於失血性休克，但是芽目太郎是死於窒息，疑似被人勒住脖子而死。你們剛才的推理都是建立在凶手一開門就用鐵鎚敲死芽目太郎，打從前提就全盤皆錯。」

「鬼扯。我們可是親眼看到芽目太郎的屍體。他的臉被敲得一蹋糊塗，我們怎麼可能眼花看錯？」

「我沒說你們眼花。」金田傻眼地搖了搖頭。「芽目太郎先是被勒到窒息，死後才被敲爛臉。那具屍體簡直被殺死兩次啊。」

走廊在月光的映照之下，金田細長的影子無限延伸。

17 加峰

加峰暫居在偵探事務所之後，到了第五天早上。

加峰的身體硬得有如晒乾的乾貨，他勉強從沙發上坐起身。難得的早晨，他的心情卻異常沉重。從二十四日晚上之後，菜緒再也沒在夢中現身過了。

山形市區的天空覆上一層厚重的烏雲。身上的燙傷仍舊刺痛，但還算忍得住。他泡了泡麵，卻毫無食慾，只能倒進排水孔裡。

「————」

油島四天前去了壘地區，至今還沒回到事務所。

他當初打算隔天就回來，到今天為止已經拖了三天。油島似乎沒想太多就跑去壘地區，會不會後來捲入了什麼事件？難不成是偶然間被仁太的大哥發現身分，結果遭到監禁。

加峰想抹去心中的不安，試著打電話到「摘瘤小妹」的辦公室，仍然自動轉接到電話錄音。連波波都不知道跑去哪了。

加峰沉悶地打開筆記型電腦。螢幕顯示出新聞網站的報導列表，這個頁面已經熟到不能再熟。頁面上的大半標題都是年末相關新聞，例如神社、寺廟大掃除等等，剩下的則是迂遠寺通事件的相關報導。

火災死亡人數攀升到八十九人，傷患超過四百多人。這起事件的死傷程度還不及澀谷事件，但是翻倒的消防車、路面的巨大糞便等等，新聞照片繪聲繪影地傳達整起事件的古怪氣息。

新聞媒體也漸漸開始報導壘地區發生的事件。二十五日清晨，似乎有人在公營墓園的管理設施內發現男性管理員與十四歲少女的屍體。內容並未直接寫出兩人死因，但應該都是被人殺害。

這麼說來，據傳曾有一名少女在壘住宅區失蹤，她的鬼魂至今仍在住宅區內出沒。加峰也曾耳聞這則謠言。不知道謠言和這一連串事件是否有關連？

另一方面，現在還沒有任何新聞提到仁太被殺的事。警方早就發現仁太的屍體了，為什麼還沒有出現任何消息？仁太的頭都敲破了，顯然就是死於他殺。警方有任何必要隱匿案情？

「……到底怎麼搞的？」

加峰剛睡醒，頂著昏昏沉沉的腦袋依序看過一篇篇毫無新意的報導。

這些文章早已看過無數次。有一篇報導在介紹死於迂遠寺通的年輕人，報導中刊登出男大學生的靦腆笑容。這名男大學生似乎是住在分租公寓裡。他留著一頭亂髮，髮型簡直像是無力下垂的抹布，乍看之下和蟲子有些相像。但蟲子是女人，應該只是恰巧長得相似。

加峰伸了伸懶腰一邊看向下一篇報導，不由得倒抽一口氣。新聞標題是「壘地區再次驚見死屍」。這篇報導大約是一個小時前才刊登，根據報導內容指出，海晴市某所公立中學內發現一名二十多歲的男性死屍。中學正值寒假期間，似乎尚未釐清這名男性是如何入侵校舍。同時就讀該所中學的四名少年少女正下落不明，警方正在調查兩起案件有何關聯。

加峰關掉筆記型電腦，一時覺得整個世界天搖地動。他抱著頭躺回沙發。油島去了壘地區之後又發生新的案件。

一個中學畢業的按摩店店員如何絞盡腦汁，終究弄不清楚事件真相。他仰仗的那名偵探又失蹤了，再繼續窩在事務所裡也不是辦法。

「他媽的！」

加峰點燃菸盒裡最後一根香菸，披上焦痕明顯的外套。他在自己還沒後悔之前搭電梯下樓，跨上機車。

他將香菸吸得剩濾嘴，把菸蒂扔向柏油路面，再次朝著海晴市奔馳而去。

●●●

從山路一眼望去，壘地區的景色出乎意料地毫無變化。

如同照片的剪影，沉悶冰冷的天空、人煙稀少的街道，一切的一切都和五天前一模一樣。一旁不時有老人擦肩而過，他們的神情平靜自在。很難想像這座城鎮連續爆發殺人、囚禁、失蹤等案件。難不成十七年前的人臉病事件，已經徹底麻痺當地居民的神經了？

加峰把機車停在樹蔭下，徒步走向鬧區。他謹慎地觀望四周，在寧靜的街道上緩緩前進。

他走了大約三十秒，街道的一角出現那棟奶白色平房。那是仁太大哥工作的派出所。假如油島推理無誤，仁太就是死在這棟平房裡。油島抵達之後一定是率先前往派出所。

派出所沒有窗戶，看不到屋內的景象。巡邏車、腳踏車還停在屋外，警察肯定還待在派出所內。加峰屏息凝氣，謹慎觀察周遭。

他窺看了停車場內，從馬路望向停車場的死角處正好停著一輛汽車。這輛汽車和仁太租來的貨車是相同車種。雙胞胎兄弟似乎連汽車的喜好都非常類似。

加峰在派出所附近晃過一圈，沒有什麼新發現。

考慮到油島現在下落不明，赤手空拳闖進派出所並非上策。加峰正想掉頭回到雜木林時，偶然發現電線杆旁供奉著白百合。看來是有人膽大包天，在派出所附近引發車禍。

此時，鋁門發出喀嚓一聲，向外開啟。加峰急忙躲進電線桿的陰影處。

「——」

一名警官從派出所走出來，他的長相和仁太簡直是一個模子刻出來的。差別只在於對方身穿深藍色制服，否則根本真假難辨。看來留著一把鬍子的金太果然是假警察。

警察朝著馬路四處張望一番，接著走向後方的停車場。右手提著一個超市塑膠袋。仔細一瞧，袋子裡裝著超商便當。

加峰趕緊掉頭走回停車處，跨上機車發動引擎。

肯定就是那個男人殺死仁太。油島揭穿真相之後，就在這座城鎮失去蹤影。而這個男警察避人耳目，到底要去哪裡——

巡邏車駛出停車場之後，緩緩開向海邊。加峰拉遠車距，悄悄跟在後方。他的手掌緊握機車龍頭，掌心忍不住冒汗。

巡邏車朝出海口開了十分鐘左右，在許多間工廠的前方轉進山路。他沿著五天前相同的路線，開向壘住宅區。

巡邏車大約前進了兩百公尺之後，停在雜木林深處的空地。警察走出駕駛座，徒步登上山坡。右手還提著剛才的塑膠袋。加峰也將機車藏在岩石後方，壓低腳步聲追趕在後。

警察一靠近壘住宅區的入口，馬上躲進紀念碑陰影處，直盯著住宅區內。他果然在躲人。一名女子在陽臺晒棉被，警察等她進屋之後，才走向最前方的公寓。那裡是A棟，就是關押羽琉子的地方。

警察通過雙開大門，搭電梯上了樓。加峰小心翼翼放輕腳步，悄悄跟著進門。

他望向一樓走廊，看到一支眼熟的金屬球棒掉在地上。之前那個長得像球根的棒球男孩就是拿著這支球棒。仔細想想，自己追著一名殺人犯，身上卻沒帶任何防身武器。加峰撿起球棒，快步爬上階梯。

樓上傳來鈴聲，電梯應該是停在四樓。一陣腳步聲之後，接連傳來開鎖、房門開關的聲響。那傢伙進了最內側的四〇五號室。

四樓是這棟公寓的頂樓，房門旁都沒有掛姓名牌。看來這一層沒有任何住戶。走廊上塵埃飛揚，應該是沒什麼人打掃。

加峰在四〇五號室前豎起耳朵，門內隱約聽得見男人說話聲。油島果真被關在這扇門內。那名警察不只殺死弟弟，還把揭穿真相的偵探關在公寓空屋裡。加峰握緊金屬球棒，躲在房門後方。

他屏息等待警察走出房外，此時一樓傳來電梯鈴聲。似乎有人上樓。應該不會有人特地跑道無人居住的四樓，但凡事都有個萬一。自己一臉拚命地握著球棒，旁人看來完全就是一名可疑人士。到時自己該怎麼解釋？

加峰抱頭苦思，然而此時四〇五號室傳來喀嚓一聲，門鎖應聲開啟。

心臟劇烈鼓譟。加峰舉起球棒，那名和仁太極為相似的警察探出頭來。

「欸？」

警察看向加峰，發出驚呼。

加峰手上的球棒直接砸向警察的臉。手上感覺到一陣沉重，警察的身體直接向後倒。

「讓你嘗嘗仁太的痛苦！」

加峰抓起球棒猛敲對方的腹部和胸口，男警察抱著腹部，彷彿煮熟的蝦子蜷縮起身體。他一邊痛哭一邊張口閉口，卻聽不出他在說什麼。最後加峰把球棒頂端朝他臉部一叩，鼻子彷彿壓扁的無花果，頓時噴出鼻血。

「這個殺手警察，給我在那裡好好反省！」

加峰將痛苦掙扎的男人留在走廊上，走進四〇五號室。他馬上聞到一股類似垃圾場才有的腐臭味。拉門的另一邊傳來男人含糊的聲音。

「油島，我來救你了——」

加峰拉開正前方的拉門，頓時懷疑起自己的雙眼。

三坪大的房間內滿布灰塵，四個小孩子倒在地板上，外觀看來應該是中學生。三名男孩，一名女孩，所有人的手被銬在身體後面。女孩臉上戴著遮咳口罩。他們同時露出嚇破膽的表情，直盯著自己。

加峰急忙看了看廚房、浴室，根本找不到油島。他搞不懂眼前是什麼狀況。這個警察似乎把四個小孩關在這裡，但孩子們臉上不見一絲憔悴。

「你、你們幾個、這怎麼回事？」

「你該不會是……」其中一名男孩開口道：「真正的加峰先生？」

這小子在說什麼？

加峰一時語塞，此時忽然聽見有人猛敲牆壁的聲音。他看向聲音來源，發現起居室的右手邊還有一扇門。四〇五號室還有另一個房間。房門上了鎖，而某人正一個勁猛敲房門。

「油島，你在裡面嗎？」

加峰踏進起居室的一瞬間，手忽然被人扭向後方。他還來不及掙扎，金屬球棒一轉眼就被搶走了。下一秒，一陣劇痛襲來，彷彿有根釘子鑽入頭頂似的。腦內有如觸電般麻痺，剛回過神就發現自己趴倒在地上。

「痛死了──」

「抱歉囉，加峰。」

耳邊傳來熟悉的嗓音。加峰抬起頭一看，波波面帶笑容，右手握著金屬球棒。

「波波？你為什麼會在這裡？」

「這是我要說的。你怎麼會在這裡呢？」

「我、我是來解決殺死仁太的凶手，幫他報仇。」

「報仇？」波波轉了轉金屬球棒，莫名其妙地歪了歪頭。「算了，托你的福，我好不容易找到以前的學生躲在哪裡。那個警察真是多管閒事呢。」

「……以前的學生？」

加峰回過頭去，只見其中一個男孩抬頭望著波波，嘴巴像金魚一樣一開一閉。

「我、我什麼都聽你的，放過我！」

「喂喂，別說那種話，會讓人誤會的。我又不是黑道或流氓。」

波波吐舌一笑。視線往下移，只見波波左手塞進口袋裡，隱隱抖動。大概是班多病又發作了。

「求求你。」少年支支吾吾地說：「**林老師**，不要殺我。」

「我考慮考慮。倒是你比較麻煩啊。」

波波握緊金屬球棒，在加峰身旁蹲下。

「我怎麼了？」

「你只是個店員吧？居然知道這麼多事，很糟糕啊。」

波波用雙手扯開加峰的嘴巴，把金屬球棒頂端捅了進去。顎骨頓時脫臼，一陣刺痛爬過嘴角。加峰想掙扎，身體卻毫無力氣。波波一邊笑，一邊整個人壓上球棒。臉部下半部頓時劇痛難耐。嘴角溢出鮮血與嘔吐物。

此時右手邊的房門再次傳出敲門聲。

「喔？人渣也在啊。」

波波心滿意足地說完，來回看了看四個孩子。

「正好。一個人瘤病患者引發咳嗽反應，抓起金屬球棒失手打死偶然出現的四名不良中學生——就當作這麼回事吧。」

孩子們頓時鴉雀無聲。

波波從加峰嘴裡拔出金屬球棒，朝著最右邊的男孩舉起球棒。

「丑男，你聰明歸聰明，還是得好好聽大人的話啊。死去的媽媽會很傷心呀。」

波波故作遺憾地搖了搖頭，一棒打中男孩。男孩的鼻子被敲得塌陷，眼球凸了出來。

「啊、啊……」

男孩嘴脣動了動，似乎想說些什麼，波波卻無情地揮動金屬球棒。第三次、第四次，金屬球棒每揮動一次，少年的頭越來越支離破碎，變成肉塊與碎骨。

「丑、丑男——」

戴著遮咳口罩的女孩喊道，身體不停抽搐。口罩布料極薄，隱約能看見她嘴脣顫抖不止。隔壁的男孩則是閉上雙眼，聚精會神地念誦佛經。

「紗莉，妳這學生也太自大了，居然敢跟蹤大人。像妳這種陰險的中學生，長大之後也不會多正經。」

波波伸出手，剝下女孩臉上的遮咳口罩。女孩怔怔地仰望波波。波波的左手抖得更加頻繁。

「唉，沒辦法，那種糟糕父母的確生不出多聽話的孩子。」

波波苦笑著，舉起球棒。女孩似乎吸到灰塵，身體抽搐咳個不停。她掙扎地扭動腰部，球棒在千鈞一髮之際揮空了。女孩仍然止不住咳嗽，雙眼發紅，難過地呻吟。

「吵死了。」

波波再次舉起球棒。

下個瞬間，某處突然傳來鞭炮爆炸似的巨響。右手邊的房門絞鍊騰空飛起。

「啊咪呀咪呀咪呀咪呀咪呀！」

伴隨一陣地鳴般的低吼，隔壁房間冒出一隻巨大怪物。

波波右手握著球棒，左手插在口袋裡，他一個全身發軟，向後倒下。沾滿鮮血的球棒滾落地板。怪物龐大的身軀有如梵鐘，壓爛波波的下半身。

「好痛！」

波波死命掙扎想逃離怪物身下，腰部以下卻早已徹底壓扁，只能瘋狂痙攣。嘴邊不斷溢出瘀血。

加峰直盯著突然間冒出的怪物，幾乎誤以為自己在作夢。多達兩千顆腦瘤凝聚而成的肉塊，全身眼珠圓睜，瞳孔四處迴轉、浮動。真有可能發生這種事？

眼前的怪物，**正是應該燒死在迂遠寺的藪本羽琉子**。

「救、救救……救救我……」

女孩正想爬向玄關，怪物直接撞飛她的身體。她的頭直接撞上牆壁，倒地昏了過去。

「啊咪咪、咪咪咪咪咪！」

怪物全身發出怪聲，逐漸逼近自己。那麼龐大的身體壓到自己，馬上就升天了。加峰窮盡吃奶的力氣想逃，身體卻動彈不得。他忍不住屏息，緊閉雙眼。

「……夠了。」

他聽見有人輕聲說道。

原本到處肆虐的怪物忽然全身一僵。身上的腦瘤還發出零零落落的哀號，身體卻像凍結似的，一動也不動。

「快住手。他是我的恩人。」

這嗓音非常陌生。

加峰抬起頭，忍不住懷疑自己的雙眼。

一名青年坐著輪椅，出現在玄關處。他的頭部裹著繃帶，看不清長相，但是加峰記得那頭有如鴻喜菇的髮型以及卡其色風衣。

「**仁太**？」

青年緩緩從輪椅上起身，輕柔地擁抱怪物。

腦瘤原本還不停發出怪聲，一個個漸漸閉起雙眼。四〇五號室寧靜無聲，數秒前的大混亂彷彿一場夢。

「全都結束了，妳可以好好休息了。」

無數腦瘤包圍著青年，他安撫似地輕聲細語。

「——晚安，羽琉子。」

18 加峰

深夜時分的病房內徒留緊急照明微弱的燈光，加峰俯視著店裡的前任經理。

波波仰躺在病床上，臉色潔白如紙，嘴邊揚起淡淡笑意。碩大的眼球深埋在凹陷的眼窩中。

「我現在住在另一棟大樓的病房。醫院真是讓人鬱悶啊。」

加峰悄聲說道。

「哈哈哈，我懂。不過我從小經常住院，早就習慣了」

「是去治療班多病？」

「對。我小時候手就會抖個不停，經常被同學笑話呢。一進醫院就會想起這段往事。我也沒想到，這樣的自己會真的能站在講臺上。」

「我嚇了一跳。你什麼時候當上老師了？」

「我一年多前辭掉管理顧問之後，沒多久就進了學校。我小時候的夢想就是當老師，所以原本就有教師執照。」

「為什麼現在才跑去當老師？太閒了？」

「哈哈哈，才不是。」

波波笑聲嘶啞，彷彿有人用指甲猛抓黑板，聽起來令人反感。

「全都是為了『摘瘤』這間店。最近幾年人瘤病疫情越來越平穩，漸漸不再出現新的病患。再繼續下去，人渣按摩店就沒有年輕的按摩小姐了。到時候『摘瘤』這塊招牌就要收攤關門了。所以我一直在思考，怎麼樣才能不透過掮客買到女孩子。」

波波的聲音沙啞，語氣卻十分開朗。

「我能理解，但是何必跑到這小鄉下？」

「你記不記得我之前說過，買賣的訣竅就是輕鬆取得搶手貨，然後賣掉。客人想吃鮪魚，我們最好是直接拿著魚餌去太平洋裡釣魚。壘地區畢竟是人臉病事件的源頭，想買到人渣女孩，當然先會想到壘地區。但說實話，一部分是因為我爸爸是當地人，做什麼事都很方便。

不過在這之後就辛苦了。我一到當地就到處找啊找，看看有沒有能來上班的女孩子。結果一個人都找不到。海晴市增加補助、吸引綜合醫院設置之類的政策太成功，人渣病患者在這裡的生活變得超級便利。根本沒有病患或家屬窮到需要去仙台的人渣按摩店工作。

所以我進了中學當老師，故意欺負那些有內情的孩子。故意灌輸一些觀念，讓他們以為不管是生病也好、懷孕也罷，只要抱著見不得人的祕密，就一定得離開這座城鎮。到時候『摘瘤小姐』再輕鬆接收那些離開城鎮的人渣女孩，一切大功告成。」

「虧你想得到這麼遠大的計畫。」

「我知道一定有更輕鬆的方法。老實說，我也想滿足一下自己的憧憬，想成為電視劇裡的那種老師。就是有點少根筋，卻滿懷熱情，然後創造一個日本第一的班級。感覺很帥耶。你看過嗎？」

「沒看過。我不太看連續劇。」

「『食人老師』之類的現在正在播呢，太可惜了。真想讓加峰看一看我成為熱血教師的模樣啊。

總之就是這樣，一開始還打算放長線釣大魚。不過火災的影響比我想像得嚴重，店裡的生意每況愈下。四葉跟玉子還不能上工，在這種狀況下重新開業也好不到哪裡去。所以我麻煩青年會成員幫忙，找看看學生之中有沒有人渣。很遺憾，最後還是撲空了。」

「買賣羽琉子這件事，也是波波從中牽線？」

「不是。」波波微微搖了頭。「仁太提起這件事的時候我也嚇一跳。但我想說假如這次交易能起個頭，以後能增加更多買賣機會就好了。」

「所以，你也不知道仁太私底下在盤算什麼？」

「嗯，我要是事先知道，就會想辦法阻止了。仁太好像也不知道我去當地中學工作，真不知道算是幸運還是倒楣。唉呦，不小心講太多了。」

波波害臊地笑了。

「我真是作夢也沒想到，波波有一天居然會拿金屬球棒打破自己的頭。」

「哈哈哈，可是我是真心希望讓『摘瘤小妹』活下去，這是為了各位常客，也是為了那些女孩子。雖然有點厚臉皮，但店裡就拜託你了。」

波波粗著嗓子說道，眼神十分誠懇。加峰說不出話，只能默默地離開病房。

●●●

加峰辦完海晴綜合醫院的出院手續後，順著指標前往東病房大樓。

晴朗的陽光從窗戶灑落，映照出大樓間來來去去的病患背影。這間醫院的措施比較特別，所有醫師、護理師都配戴遮咳口罩。走廊還排著人瘤病患者繪製的粉彩畫。

加峰走向東病房大樓的服務處，便見到一群面熟的中學生站在旁邊。兩名男孩和一名女孩。只有少女一如往常戴著遮咳口罩。

「仁太也叫你們過來？」

加峰一問，三人神情緊張地點了點頭。

加峰兩天前也在病房見到這群中學生。他心想揭開事情真相之前必須聽聽他們的說法，便直接跑去小兒科病房。加峰自認自己問話的語氣還算溫柔，但他們似乎誤以為加峰是流氓、罪犯。加峰想到這，不禁面露苦笑，三名青少年則是面面相覷，滿臉疑惑。

加峰做完訪客登記，直接前往二樓病房。仁太就住在二樓。三名中學生則是稍微拉開了距離，跟在他身後。

「喂、我可以問一個問題嗎？」

加峰回頭說道，三名中學生惶恐地點了點頭。

「什麼問題？」

「你們之前說曾在瘤塚管理所看過芽目太郎的屍體。他的雙手應該有戴手套，你們還記得手套的形狀嗎？」

「是很常見的毛線手套……」

「能不能說得再具體一點？是不是只有拇指分開的連指手套？」

「是啊。」

果然。自己在住院期間推理出的結果看來是正確的。

「看來一個中學畢業的按摩店店員，腦袋也還不輸人呢。」

他領著愣頭愣腦的中學生，快步穿過明亮的走廊。

曾經的後輩就住在走廊最深處的病房裡。加峰拉開拉門，便見到男人盤腿坐在病床上。他的頭上仍然裹滿繃帶。

長相神似仁太的那名警察坐在床邊的鐵椅上。他臉上雖然沒有裹繃帶，鼻頭跟嘴脣仍留有紅黑色的結痂。

「啊、仁太的大哥，之前真是不好意思。」

加峰微微低頭道歉。多虧這個男人寬宏大量，否則自己拿金屬球棒痛揍警察，早就被扔進看守所。警察仍舊面無表情：

「叫我金田警官就行了。」

他簡短報上名字，冷哼了一聲。

四人站在原地好一陣子。護理師用推車送了鐵椅進病房，將椅子排在床邊。四人紛紛道謝，坐了下來。

「不好意思，麻煩你們跑這一趟。各位這次都受了不少苦，我一直很想向你們道歉。」

病床上的男人說完，微微低下頭。

病房內頓時沉默無聲。金田警官緊咬下脣，直盯著弟弟。中學生們則是不時看了看彼此，尷尬地不發一語。

「總之，我也用『仁太』來稱呼你，可以吧？」

「可以。」

「好，那我就以前輩的身分來說你一頓，道歉就省了吧。」

加峰說完，仁太就挺起身子。

「我下巴關節整個脫臼，害我不得不在西病房大樓住到今天上午。幸虧住院期間閒來無事，我終於搞懂你到底在計劃什麼。」

「計劃？」其中一名男孩疑惑地說。

「沒錯。你只是想拯救自己喜歡的女人吧。你沒有錯，錯的全是青年會那群混蛋。你的確騙了我們，我也有點火大，不過這點小事用不著道歉。」

「……你為什麼會知道？」

仁太低著頭，簡短問道。

「需要我告訴你嗎？我只是把你開始在『摘瘤小姐』上班之後到現在的所有事情，全都回想了一遍。你早就露出馬腳好幾次了。具體來說，我在這過程中發現三個疑點。

第一個疑點，是害『摘瘤小姐』暫停營業的那場大樓火災。當天起火的三號房裡，有一個熱愛ＳＭ的女人和人渣按摩小姐在玩滴蠟。我擅自叫她『蟲子』，那女人醜到不行，臉粗獷得跟大叔一樣。而且聲音低沉又沙啞，聽起來就像醉漢。我第一次見到她裸體之前，一直以為她是男人。

你回憶一下。一年前失火的那一天，蟲子根本沒脫羽絨大衣。那女人最後一次來店裡是兩年半前，你才剛上班半年，應該是第一次見到她。當時我和波波在辦公室聊天，你是這麼對我們說的——『她應該是**月經**來了才沒脫衣服』。」

加峰說到一半，環視五人。仁太仍然低著頭，仔細聆聽加峰的解釋。

「雖然這是廢話，但是來按摩店的客人九成九是男人。我自始至終就只看過蟲子這麼一個女客人。甚至連波波當時都還認為蟲子是男人。他當時聽到你的話，還反問了一句：『月經？』

然而你看著裹著大衣的蟲子，為什麼有辦法看穿她的性別？這是第一個疑點。」

仁太還是低頭緊閉著嘴。他似乎不打算反駁。

「那我就繼續了。第二個疑點正好是十天前發生的事。也就是我們去海晴市收購羽琉子的那一天。

我就直接招了。我趁你去派出所的時候，偷看了你的手機。螢幕上正好顯示一個噁心的網站，上頭刊載各種屍體照片。『摘瘤小姐』失火後的屍體照片也刊在網站上。我當下自然認為那具焦屍就是小鈴——也就是那個死在火災現場的按摩小姐。

但仔細想想就發現不太對勁。那具焦屍身上黏著燒焦的衣服。蟲子和小鈴玩滴蠟的時候，小鈴已經全身被扒光了。人渣按摩小姐腦袋都有問題，哪有可能在火勢劇烈的火災現場悠哉穿好洋裝。所以那具焦屍究竟是誰？這是第二個疑點。

接著第三個疑點，也是發生在同一天。我們載著羽琉子回到仙台途中，在羽良原休息站小歇了一下。你去了廁所，我則是趁機靠在貨櫃旁抽菸。我還記得路人當時聽見羽琉子的聲音，紛紛疑惑地往我這邊看。

其實我那時候不小心咳嗽了。羽琉子的叫聲明明大到外面都聽得到，我的咳嗽聲也會傳進貨櫃才對。但是羽琉子隔著櫃門聽見我的咳嗽聲，卻沒有引發咳嗽反應。她明明在迂遠寺通瘋狂發作，為什麼在休息站卻好端端的？這是最後一個疑點。」

加峰說到這裡，再次來回望向五人。三名中學生不知道事情真相，只能張著嘴，專心聆聽加峰說明。

「第三個疑點最好懂，對吧？」仁太悄聲說道：「你已經知道羽琉子為什麼沒發狂了，對不對？」

「當然。人瘤病患者不論良性、惡性，都逃不過咳嗽反應的發作。難不成羽琉子指是假裝成人渣，實際上只是個普通人？答案當然是否。她全身上下都長滿腦瘤，怎麼可能沒感染人瘤病病毒。

那麼，最後就只剩下一個可能性。我們在羽良原休息站休息的時候，**貨車的貨櫃根本是空的**。」

「請問這是什麼意思？」少女好奇地問：「貨櫃的確傳出叫聲了呀？」

「沒錯，但是反過來說，我也只聽到聲音而已。那怪物有四公尺高，我們不可能在運送途中還開門確認她的狀況。一不小心讓她逃走，事情就大條了。犯人就是利用這個想法。至於聲音，大概是用長度夠長的卡式錄音機錄下羽琉子的呻吟聲，再重複播放。」

「所以羽琉子姊姊並沒有搭上卡車囉？那青年會幹麼叫你們去壘地區？」

「別急，聽我說完。仁太的計畫，是讓青年會成員誤以為羽琉子已經賣到人渣按摩店。那些傢伙在壘住宅區把羽琉子運到卡車上之後，也深信羽琉子已經送到仙台去了。

事實上卻沒有。早在車子離開壘地區之前，羽琉子就不在貨櫃裡了。那麼羽琉子到底是什麼時候從貨櫃裡消失無蹤？我們離開壘住宅區之後，到我在羽良原休息站抽菸為止，只停過一次車。就是我衝進派出所、搶回仁太的時候。有人趁我砸壞房門闖進辦公室的時候，偷偷把羽琉子帶走了。」

「有那麼簡單嗎？」其中一名少年插嘴道：「光是把羽琉子從貨櫃裡拖出來，就要費不少功夫，還要把她藏在別的地方。萬一有別人看到就完蛋了吧。」

「我當然不認為他們有辦法在短短的時間內，從貨櫃中拉出羽琉子。我五天前來到鎮上的時候，看到派出所後方的停車場停著一輛貨車，車種和仁太租來的貨車一模一樣。這當然不是巧合。

犯人把載著羽琉子的貨車換成另外一輛同車種的貨車，車上當然空無一人。載著人的貨車就藏在後方的死角處，另一輛貨車就開到馬路上。這麼一來他們就不需要花時間開關貨櫃。也因為換了一輛車，原本故障的汽車導航才會在回程上突然恢復正常。」

「請等一下，這方法應該行不通啊？」

另一名男孩忽然冒出這句話。

「加峰先生是偶然發現仁太先生並非本人，才會闖進派出所吧。假設加峰先生完全沒察覺異狀，直接經過派出所上了高速公路，犯人就沒機會對調兩輛貨車吧？犯人這麼做只是在賭博呀？」

「為什麼行不通？」

「你是指這個啊。犯人的確沒料到我會闖進派出所。仁太原本應該設計好別的劇本。我當然也猜到原本的劇本內容。

我們載著羽琉子經過派出所前面的時候，和一個騎著機車的老頭擦身而過。那怪老頭裹著一條超長圍巾，長度跟海蛇有得比。他或許原本計畫跟那個老頭發生擦撞，趁機讓我下車。畢竟在派出所正前方發生車禍，駕駛可不能默默逃離現場。那個叫金太的假警察會以做筆錄為由，把我帶進派出所內，然後你們就能趁機把貨車掉包。

實際上我卻是自己主動跑進派出所裡，雖說脫離你們事先安排的劇情，你們反而可以更迅速換走貨車。沒錯吧？」

「真令我佩服。」仁太靠上牆壁，答道：「我原本的確打算讓機車滑倒撞上貨車。」

「果真是這麼回事。我再問你一個問題。你們兄弟在我們前往壘住宅區之前就交換身分了。當時我朝副駕駛座呼煙，對方仍然無動於衷，代表當時坐在車上的確實是別人。你們交換身分的目的是什麼？」

「目的是方便下手殺你，以防萬一。」金田警官沉聲說道：「畢竟我們必須讓你見到藪本羽琉子，你若是見過之後拒絕簽約，我們就不能讓你活著回仙台。萬一你四處宣傳羽琉子，我們的計畫就萬事皆休了。到時可能是把你推下懸崖，或是殺死你之後偽裝成車禍。仁太好歹跟你相處過，讓他負責下手未免太殘忍。所以我才在派出所和弟弟交換身分。」

「不過回仙台的時候又換回原本的仁太了吧？」

「是。我們原來打算趁著做車禍筆錄的空檔換回來，但你怒氣沖沖地往派出所衝過去，我弟弟才假裝自己被囚禁。他自己鑽進辦公室的儲物櫃，從內側扣住了櫃門。」

「那你為什麼要你弟事先寄自己的照片？」

「我根本沒要求過。仁太為了讓你以為我們疏遠到忘記對方的長相，才故意說了謊。」

「哼，這麼聽下來，你們根本把我當成好騙的冤大頭。未免太瞧不起我了。」

加峰搔了搔鼻梁，說道。

「我們也是在搏命啊。」

金田警官回完，緊咬下脣。

「算了。總之，你們就這樣成功騙過青年會的小夥子，讓他們以為羽琉子被賣到先臺的人渣案店。你們想讓羽琉子人間蒸發，保護羽琉子不受居民所害。

但假如就這麼放著，我或波波遲早會察覺羽琉子不在貨櫃裡。任何人發現那麼嚇人的怪物逃走，一定會發了瘋似的到處找。最壞的下場就是害得整個計畫曝光。

仁太，所以你事先準備好對策。這對策後來鬧上新聞，連小朋友都知道這件事。這傢伙找了外觀類似羽琉子的假貨，並讓他死在人群面前。」

「準備假貨？」女孩一臉疑惑。「我不覺得四公尺高的人瘤病患者這麼好找。」

「當然不好找。仁太是自己親手弄出一個神似羽琉子的人渣。

說到底，還不是因為羽琉子的伯父擅自幫她切除腦瘤，才會變成那副德性。她伯父原本就不是醫生，代表毫無醫學知識的普通人也能隨手創造那種怪物。

仁太首先到處尋找長得像羽琉子的人瘤病患者。他會跑去『摘瘤小姐』上班，也是為了這個目的。人渣按摩店裡多的是無依無靠的人瘤病女病人。

問題是仁太該怎麼瞞過我們這些店員，神不知鬼不覺地偷走人渣。女人是按摩店重要的商品，一旦有女人失蹤，一定劈頭就先懷疑新進店員。於是你弄出了那場大樓火災，漂亮地逃過一劫。」

「你是說，他是為了偷走女孩子才在店裡放火？」

「沒有錯。就如我開頭所說，仁太，你知道蟲子的性別。這代表你之前就認識蟲子。我是不知道你是原本就見過她，還是在ＳＭ社團之類的地方認識她。不過那女人明明沒出家，卻會背誦佛經，所以我猜她會不會也是來自於壘地區。你和蟲子應該算是同鄉吧。

蟲子那一天來店裡玩滴蠟。你早就知道蟲子會來，所以你殺死蟲子，偽裝成意外失火，接著從房間裡帶走小鈴。圖片裡的焦屍不是小鈴，是蟲子。你把小鈴藏在樓下的空房間，等火場鑑識結束之後才送走她。警方很難想像惡性人瘤病患者能夠自行逃離火災現場，所以也將蟲子的屍體誤判成小鈴。

人瘤病患者到手之後，你開始一再切除她身上的腦瘤。衰老如藪本都辦得到，自己不可能做不到。你深信這一點，將小鈴變成全身長瘤的怪物。」

「我知道這麼做很殘忍。」

仁太低聲說道。

「你為了深愛的女人，狠下心化身成惡魔，是嗎？」

「若想從青年會那些傢伙手中保護羽琉子，除此之外別無他法。」

「說得還真是事不關己。」加峰忍不住噴了口水：「實際上也的確是事不關己，我也沒轍。」

「是我親手把她變成怪物。只是我體內的意識——」

「那部分解釋起來太麻煩，等一下再說。總而言之，現在來統整一下你幹過的好事。

二十四日晚上，你終於要實行準備已久的計畫——也就是讓小鈴和羽琉子交換身分。你先是從停車場移走我們從海晴開回來的貨車，換成裝著小鈴的同款貨車。掉包的方法就和派出所那時差不多。接著你在迂遠寺通縱火，讓小鈴在一片混亂當中到處搗亂。

順帶一提，你事前交給我的貨車鑰匙，其實是掉包後那輛貨車的鑰匙。畢竟你要是拿出掉包前的貨車鑰匙，之後我開車的時候就會發現鑰匙不合，進而察覺車子被掉包。

你會特地縱火，是因為小鈴身上還留有那個SM狂滴蠟造成的燙傷。羽琉子的身上應該沒有燙傷，對調的事有可能因此曝光。另外，你當然也想把事件鬧上各大媒體，好讓青年會的傢伙認為羽琉子已死。

小鈴不但咳嗽反應發作，四處討亂，最後還葬身火窟。計畫乍看之下十分順利，接下來卻有一件意外在等著你。仁太，你**不小心撞到頭，就這麼死了**。」

「……啊？」

其中一個男孩發出不明所以的驚呼。

「很吃驚吧？不過沒辦法，這是事實。或許是小鈴發瘋的狀況遠遠超出你的想像。你完全沒料到四公尺高的怪物四處作亂，會演變成如此慘況。

我不知道小鈴是聽見路人的咳嗽聲才發狂，還是你預藏在貨櫃地板下的卡式錄音機發揮作用。你當時在貨車外等待小鈴破門而出。結果小鈴衝出貨櫃時力道過猛，你整個人被撞飛，後腦勺撞上柏油路面——我猜大概是這麼回事。仁太，你是死於大腦挫傷。

不過仁太的身體還活著。因為人類感染人瘤病病毒之後，腦瘤就會幫助身體繼續存活。一般人大腦腦死就不可能存活，但是人渣的腦細胞擴散到全身上下，只要這些腦細胞還能活動，就能繼續維持宿主的生命活動。

你當時拚了命思考。後腦勺的傷口再繼續出血，身體可能會失血而死。於是你和其他腦瘤合力拿起工具箱裡的麻繩，**勒緊自己的脖子止血**。

接著你發現身體變得無法呼吸。腦瘤的鼻子連不到肺部，無法自行攝取氧氣。所以人瘤病患者再怎麼命硬，血液一旦無法輸送氧氣到全身，就只能等死。但要是鬆開脖子的麻繩，後腦勺又會繼續大量失血。你情急之下，只好賭命在脖子上開個洞。**你用錐子刺穿鎖骨上方的皮膚，鑿開洞，讓空氣可以直接進入氣管**。」

仁太目前為止都默默聆聽加峰的話，此時他舉起雙手，緩緩解開病人服的衣領。左胸浮起一張類似青蛙的臉孔，它瞇著眼仰望加峰等人。

「你還真是頑強。換成是我，我可不想為了活命，把自己整成這副德性。」

腦瘤（仁太）來回看過五人的臉，堅毅地說：

「我們的宿主感染了良性病毒。這個人曾對我們說過，假如他有任何萬一，希望這具身體能幫忙保護羽琉子。羽琉子是這個人的青梅竹馬，他在人瘤病病發之前就已經深深愛上羽琉子了。」

「他只是看太多『蕾之屋』，腦筋有點不對勁而已吧。算了，先不提那個傻子有多蠢，你的急救發揮效果，仁太的身體勉強存活下來。

話雖如此，迂遠寺通已經成了人間地獄。不只是小鈴四處遊蕩，無余臺公園裡還有小混混正在痛毆患有人瘤病的中年大叔。別人一看就知道你是人渣，萬一讓那傢伙看到，搞不好會被當成找碴目標。所以你動用剩下的體力和能夠操縱的部分肌肉，躲進貨車貨櫃。你進到貨櫃後已經沒力氣關門，只能鑽進地板下躲藏。

這時候就輪到一無所知的我登場。我拿出你交給我的鑰匙，發動汽車引擎逃離現場，甚至不知道你就在車上。我把貨車棄置在深山之後，你也在警察發現之前逃出貨櫃，拖著遍體鱗傷的身體逃回壘地區。你的執著之深，實在讓人敬佩。」

「我只是運氣好。我逃到杉木林之後過了半小時，有一輛通往宮城方向的小貨車正好路過。小貨車速度很慢，我趕緊跳進貨車車斗，坐著小貨車離開深山。之後我就去拜託仁太的熟人，好不容易才回到這裡。」

金田警官聽完仁太的話，低下頭按了按眉間。

「原來如此。總之我說到這裡，瘤塚事件也跟著真相大白了吧。大家原本以為管理員芽目太郎是被敲爛臉孔而死。不過芽目太郎是良性人瘤病患者，他應該和仁太一樣，敲破頭之後也不容會輕易送命。他哪怕是腦袋被砸爛，腦瘤也能代替原本的大腦。芽目太郎只有頭部出血，不像小紬被人敲爛全身腦瘤。

想到這裡，二十五日清晨你們發現屍體的當下，芽目太郎的身體很有可能還活得好好的。摸一摸身體或許還能感覺體溫，但那時管理室似乎熱得跟桑拿室沒兩樣，也難怪你們分不出來。」

「這跟剛才的說法會不會互相矛盾？就算身上的腦瘤還活著，芽目太郎也有可能失血或呼吸困難而死。金田警官之前就說過，芽目太郎的死因是窒息死亡。」

女孩側眼瞥向金田警官，問道。

「芽目太郎是仰躺在鋼門打開之後的門口附近。真是窒息而死的話，管理室應該要留有他苦苦掙扎的痕跡，否則會很奇怪吧？

你們看到屍體的時候，芽目太郎肯定還活著。當然，我知道你們沒辦法接受。畢竟芽目太郎沒道理在中學生面前裝死。現在想請你們思考一下壘住宅區在同一天裡發生的事件。」

「事件？你是說買賣羽琉子姊姊的事嗎？」

「不適。羽琉子當天曾經出現咳嗽反應，差點從壘住宅區A棟脫逃。羽琉子撞上H棟，摔了個腳朝天之後，她被施打鎮靜劑運回A棟。波波——也就是林老師正要強姦那名前任女教師，碰巧出現在現場。

你們想想。按照醫生所說，羽琉子注射過鎮靜劑之後，至少有兩個小時會跟死人一樣動彈不得。但是我們前往壘住宅區的時候，羽琉子還吃海蟑螂吃得津津有味。鎮靜劑到底有沒有生效？

我想到這裡才發現，**羽琉子可能不是在我們抵達壘住宅區之前，而是我們回去之後才發生咳嗽反應，被打了鎮靜劑**。」

加峰來回看過五人的神情。三名中學生半是激動地湊了過來，金田警官則是靜靜閉上雙眼，仔細聆聽。

「懂了嗎？順序正好相反。林老師見到羽琉子的那個時間點，羽琉子早該被人運走，從此在也不會出現在壘住宅區。那些把羽琉子搬回A棟的年輕人其實是仁太的同伴，他們知道整個計畫。

而林老師假如把這件是透漏給青年會的那些傢伙，仁太長年的努力就全都化為泡影。當然了，仁太如果知道林老師的真實身分，或許還有些轉機。他只要跟波波商量一下，說是想保護自己的女朋友，波波應該也會諒解。然而仁太只知道林老師是一個厭惡人渣的老師。」

「請等一下。」男孩開始猛抓頭：「我已經完全搞亂了。我記得壘住宅區的時鐘塔壞掉了。林老師自己或許也不記得目擊到羽琉子的正確時間。但總會有人發現事件前後時間相反吧？」

「沒錯，仁太應該也曾用這個理由讓自己安心。不過後來他又察覺更大的問題。」

「更大的問題？」男孩一臉問號。

「你是說小紬的聲音？」女孩啞著嗓子說道。

「正確答案。妳當時也在場吧。就在那些人逮到羽琉子的時候，幾乎同一瞬間，小紬的哀號傳遍壘住宅區。隨著警察搜查進展，遲早會發現管理所地下室和壘住宅區相鄰。換句話說，小紬遭到殺害和羽琉子脫逃，警方將會斷定這兩件事發生在同一時間。

警方對小紬的屍體進行司法解剖之後，就能推算出死亡時間。那麼接著會發生什麼事？羽琉子逃走的正確時間也會跟著鋪光。林老師或青年會的那些混蛋一旦察覺這件事，就會發現羽琉子還留在壘地區，計畫就全完了。

金田警官，你察覺狀況之後很慌張吧？所以你趕緊連絡上弟弟，努力思考如何掩飾羽琉子的目擊時間。

你若能丟棄小紬的屍體、直接掩蓋地下室的命案，事情還比較簡單。不過芽目太郎已經把小紬的所在地告訴這群中學生，小紬一旦莫名消失，你們理所當然會覺得可疑。地下室又沾滿血跡，很難完全輕裡。所以這方法行不通。

那換成在小紬的屍體上動手腳，想辦法搞混正確的死亡時間呢？不過這麼淒慘的命案一曝光，宮城縣警一定專門派遣刑警前來辦案。隨便動手腳反而是自掘墳墓。金田警官當時無計可施，只能抱頭苦惱。

就在這時，預料之外的幸運忽然降臨在他面前。派出所正前方的馬路上又出現一具屍體。簡直是『屍』從天降。」

「屍體?」少年呻吟道:「又來一具屍體嗎?」

「跟我抱怨也沒用。這具上天恩賜的屍體,其實就是原本預定跟我們的貨車擦撞,那個騎機車的老頭。那個老頭自己滑倒就算了,那條跟海蛇一樣長的圍巾還不小心捲進輪胎裡,直接勒死自己。

金田警官一看到這具屍體,腦中浮現一個妙計。直接把老頭的屍體搬到瘤塚管理所,會有什麼效果?同一棟建築物內出現兩具屍體,自然會認為兩人同時遭到殺害。老頭的死亡時間和我們前往壘住宅區帶走羽琉子的時間幾乎重疊,這樣一來就能假裝小紬是在同一時間遭到殺害。所以你們打算透過增加屍體數量,提早小紬遭殺害的時間。

這個小手腳實際上也發揮作用了。你曾經想成為法醫,可以正確預判解剖結果。根據兩人的司法解剖報告,小紬的死亡時間判定為下午三點到下午五點,老頭的死亡時間則是在下午一點到下午三點半。兩個解剖結果一旦重疊,就會推測兩人是在下午三點到三點半之間遭到殺害。沒錯吧?」

加峰將話題拋給金田警官,金田警官則是皺著眉點了點頭。

「為羽琉子注射鎮靜劑的醫師會習慣性記住注射時間。她在壘住宅區脫逃的時間,大約是下午四點左右。青年會成員一旦知道事實真相,我們的努力就全白費了。所以我們決定利用夥伴的屍體設下圈套。」

「請、請等一下！」

男孩幾乎把頭髮抓成鳥巢狀，他舉起雙手說道。

「怎麼了？」

「所以我們在管理所找到的屍體，其實不是芽目太郎嗎？那具屍體的身高、服裝都很像芽目太郎啊。」

「這個問題就是整個事件中最複雜的疑點。按照原來的計畫，他們不用把老頭的屍體偽裝成管理員。至於為什麼需要偽裝、想要隱藏什麼，原因就在於你們的行動。

仁太他們首先匿名去電青年會會長，告訴他們小紬的藏身之處。他們把屍體搬到管理所，沒讓人發現也只是多此一舉。而你們得知這件情報後，就在二十五日清晨七點之前跑到瘤塚去了。

然而在這個時間點，老頭的屍體根本還沒搬到管理所。金田警官他們可能是意外耗了不少時間搬運屍體。

芽目太郎從懸崖俯瞰城鎮，赫然發現你們這群中學生沿著上學路線跑上來，他當下想必是嚇得臉色蒼白吧。金田警官事前告訴他內情，所以他事先來到管理所準備搬屍體，也在地下室故意調過類比時鐘的時間。萬一這群中學生在這個節骨眼發現管理室沒有屍體，事情就麻煩了。而且他已經告訴你們鑰匙放哪裡，沒辦法假裝裡面沒人。

芽目太郎著急萬分，一定很自責自己犯蠢。他被逼急了，最後居然突發奇想弄出一個怪招。你們也猜到了吧。他自己假裝成屍體，偽造有人陳屍管理室的現場。」

「我好像稍微聽懂你要說什麼了。但是說真的，我很難相信屍體只是假裝死掉的活人。因為屍體太逼真了，臉還被砸得稀巴爛，我們怎麼看都覺得他已經死了。」

少年皺著臉說道。剩下的兩名中學生也一起點了點頭。

「當然，只是倒在地上假裝死掉，一下子就會被看穿。普通人不可能真的搗爛自己的臉，根本沒辦法假裝成屍體。

可是芽目太郎不是普通人，他是良性人瘤病患者。芽目太郎利用腦瘤來詐死。」

三名中學生張口結舌地直盯著加峰。金田警官則是皺起嘴脣，看起來不太舒服。

「對喔，我知道了。芽目太郎對調自己身體的正反面了吧！」

其中一名男孩打了個響指。

「哦？什麼意思？」

「芽目太郎的後腦勺其實也整了腦瘤。他平時都把毛線帽的帽簷拉得很低，一定是用來遮掩腦瘤。二十五日早上，芽目太郎故意把運動服前後反穿，去了地下室。然後用那把殺死小紬的鐵鎚敲爛自己後腦勺的腦瘤。最後再回到管理室，趴在地上裝死。也就是說，**那具臉爛掉的屍體乍看之下是仰躺著，實際上卻是趴在地上，露出後腦勺被敲爛的那顆腦瘤**。」

「原來如此，挺有趣的。」加峰卻冷哼一聲：「不過說不通。你們不是還拉起運動服衣襬，看到他的凸肚臍。屍體趴著怎麼看得到凸肚臍？」

「喔，也對。可是我也想不到別的解釋了。」

男孩抱頭苦思。

「別放棄啊。出發點挺接近的。你們有問過芽目太郎，他的腦瘤長在什麼地方吧？」

「他說自己和小紬一樣，長在生殖器上。」

「就是這個。芽目太郎的睪丸上浮現腦瘤的臉。長了腦瘤的睪丸可是有保齡球那麼大。當然要活用一下啦。

芽目太郎平時就穿著大兩號的運動服。所以他把內褲套在頭上，從兩腳套上上衣。然後把運動鞋套在手上，腳掌則是戴上連指手套。最後從衣領露出膨脹的睪丸，用鐵鎚敲爛。**芽目太郎不是身體前後交換，而是上下顛倒**。」

「……他自己敲爛蛋蛋？」

兩名男孩倒抽一口氣。加峰想像過那一瞬間，頓時感覺全身神經都要尖叫出聲。芽目太郎肯定嘗到十分壯烈的劇痛，波波在睪丸上塗白膠的痛根本不能比。

「他自己應該也很怕穿幫。由於他的身體上下顛倒，屍體才會呈現倒過來的Y字。雙手伸直的部分其實是腳，左右張開的雙腳則是手。」

「不過這稱得上是一場賭博吧。我們只要有一個人去測測他的脈搏或心跳，馬上就知道他還活著啊。」

男孩用指尖壓在手腕關節上，小聲嘀咕。

「也沒麼驚險。當時房間開了暖爐，室內熱得像桑拿，屍體不冷也不容易讓人起疑。你們要測手腕脈搏，但其實摸到的是腳踝，測不出什麼東西。假如是用手摸心臟，一脫掉運動服的確會直接穿幫，不過普通中學生應該不敢隨便亂動屍體。」

「這麼說起來，」女孩揑揑下脣，說道：「一年前的施暴案，國雄和美佐男聯手痛打樽間老師的臉，打到他當場昏厥。我當時也怕得想測看看樽間老師的脈搏，結果還是不敢測。屍體沒有臉，感覺真的很噁心。」

「等等，芽目太郎曾經從瘤塚目睹施暴案過程，對吧？」

「是啊。我第二次拜訪管理所的時候，他是這麼說的。」

「原來啊。所以他才覺得只要敲爛臉，你們就不敢靠近了。」

加峰拍了拍膝蓋，恍然大悟。而且這女孩實際上曾經近距離觀察芽目太郎的身體，卻還是沒發現他活著。這一招從結果看來算是非常成功。

「可是芽目太郎打爛自己的下體，鐵鎚應該會掉在管理室才對呀？」

男孩扭著頭說道。

「這麼做就沒意義了。光只是裝死還不夠。芽目太郎必須假裝自己和小紬同時被殺死。」

凶手先從大門闖進管理室，毆打芽目太郎。接著走下樓梯，在地下室殺死小紬——

而要成就這段劇情，鐵鎚必須放在地下芽目太郎在地下室敲爛罨丸之後，拖著半條命爬回管理室，直接倒地。走廊會出現一滴一滴的血跡，應該是他回到管理室時滴的血。」

「那口袋裡的止痛藥鋁箔包裝又是誰的？」

「當然是芽目太郎自己的。他應該曾經離開瘤塚一次，去和同夥商量整個計畫。他應該只是趁著那時候，回西二番町的家裡拿止痛藥。」

「運動服扯鬆的痕跡呢？」

「我不知道。芽目太郎又沒有死在二十四日那天，想怎麼解釋都行。他搞不好只是急過頭摔了一跤，不小心扯鬆了吧。」

「我知道了。不過芽目太郎明明知道我們很努力保護人瘤病患者，為什麼不直接跟我們商量？老實告訴我們所有事，我們也會幫忙呀。」

男孩勉強擠出這句話。

「你叫做美佐男，對吧？你老爸是青年會會長。芽目太郎相信你們，可是他還是沒膽對會長的兒子表明一切。這就別太在意了。」

我們再確認一下這之後的經過吧。首先這位金田警官簡直有三頭六臂，什麼都是他包辦。派出所收到民眾報案發現屍體之後，你在宮城縣警的支援趕到之前，趁機把芽目太郎搬出去，擦掉室內和走廊的血跡之後，把老頭的屍體搬進去。芽目太郎似乎是舉目無親，所以你覺得只要長相不曝光，沒有人會發現兩人互換。

當然，警方如果在芽目太郎自家採取毛髮，和屍體互相比對，馬上就會露出馬腳。你好歹也是派出所駐警，大概是覺得能蒙混過關才冒這麼大的風險吧。

順帶一提，那老頭的死因是被圍巾勒住脖子，窒息而死。不過他還是敲爛老頭的臉，才能顧及屍體前後一致性，又符合你們的目擊證言。於是這具屍體就被殺死第二次了。」

「我已經在反省了。」金田警官的眉頭仍舊緊皺，說道：「但我不能讓芽目太郎的決心白費。」

「在意什麼，反正芽目太郎還活著吧？」

「當然活著。他的睪丸大量失血，不過沒有危及性命。我拜託遠親，讓他住進北海道的醫院。不過小紬已經去世，他可能不會再回來壘地區了。」

「結果芽目太郎也是愛上了小紬啊。算了，這不重要。

我在住院期間的推理成果，大概就是這些。小紬的死和這起事件無關，我也沒興趣追。凶手看是不是在你們之中，還是波波殺死的另外一個小鬼，你們自己去搞清楚吧。」

加峰說完，打開窗戶，拿出商店買來的駱駝牌香菸。溫和微風輕輕撫動窗簾。

「我勸了他很多次。根本不該實行這種計畫。為了保護羽琉子一個人，居然得付出這麼龐大的犧牲。但是我弟還是鐵了心蠻幹。」

金田警官悔恨不已地說著。

「不，我的宿主其實到最後一刻，都還在煩惱是否要實行這個計畫。」

仁太尷尬地開口。

「可是，政府去年制定了特定傳染病防治法。依照這套法案，只要是為了防身，對於人瘤病患者的所有犯罪行為都不會受到處罰。等到一月法案生效，居民的不滿就會全數投向羽琉子，她將會終生不得安寧。我覺得仁太也是被逼急了。」

「你只是顆腦瘤，腦袋倒是挺聰明的。你打算怎麼處理那具身體？」

加峰叼著香菸問道。仁太則是露出和宿主十分相像的笑容。

「我會在釜洞山腰租個破房子，和羽琉子一起靜靜度過餘生。」

「哦，是嗎？真無聊。我最討厭年輕人的戀愛故事了。」

加峰隨口調侃，忽然想起了妹妹菜緒。

他已經兩週以上沒見菜緒。自己有生以來還是第一次和菜緒分開這麼久。菜緒現在也還躺在「Heartful 永町」的病床上，靜靜等著加峰歸來。

仁太拚上性命去保護羽琉子，自己也會像他一樣，拚命守護菜緒。加峰沒想到自己居然會起這種念頭，忍不住覺得滑稽。

「假如你想碰碰別的女人，就來仙台玩玩吧。」

加峰輕吐煙霧，轉身離開病房。

尾聲

釜洞山雜木林之間，有一座小小的山中小屋。

房間深處傳來無數呼吸聲，彼此交疊。月光從窗戶照進屋內，一道龐然大物的女性黑影倒映在地板上。

「就是妳殺死小紬，對不對？」

紗羅凝視著女人的雙眼，說道。

「妳果然看到啦。」

女人沉聲回答。

紗羅不記得多少年沒聽見女人說話了。女人為了在這座城鎮上生存，選擇封住自己的話語。她的聲音出乎意料的小聲，語氣卻強而有力。

「妳什麼也沒說，我還以為妳睡著了。」

女人長嘆了一口氣。

「妳為什麼要殺她？」

「妳問這不是廢話嗎？」女人瞇起了眼：「因為我很喜歡她。」

「這不算答案。妳喜歡她，又何必殺死她？」

「因為她很可憐呀。我可不想看小紬被人逼著吃海蟑螂。我自己也是，死得了的話真想直接一了百了。」

「妳說謊。假設妳真的喜歡小紬，才不會用那麼殘忍的方式殺死她。妳只是想把別人拚死保護的事物弄得一蹋糊塗罷了。」

「妳傻啦？」女人毫無悔意地笑道：「一定得敲爛全部的腦瘤，才能確實殺死一名人瘤病患者。這麼做看起來當然會很殘忍呀。」

紗羅猛然回想起丑男死去的母親。她明明把電線掛在天花板上，卻又沒有上吊，最後全身澆煤油自焚而亡。

她一開始可能以為上吊就能勒死自己。但是她正要把脖子套上電線圈的時候，猛然驚覺上掉可能死不了。萬一自己失去意識，腦瘤只要操縱手臂，巧妙地在氣管上開個洞，身體還是有辦法攝取氧氣。

她是為了確實燒死身上所有腦瘤，才會淋煤油自焚。無論是自殺還是他殺，人瘤病患者要徹底死亡並非易事。

「我敲爛小紬全身上下的腦瘤，就是為了殺死她。這是事實。可是妳跑去檢舉我也沒用。妳再怎麼強調是我殺人，誰也不會把妳的話當真啦。」

「我並不打算檢舉妳。」紗羅急促地說：「妳被逮捕對我也沒好處。可是遲早會有人來抓妳。」

「……妳到底想說什麼？」

「只要仔細觀察命案現場，就會發現犯人只可能是妳。太明顯了。」

女人面無表情地瞪著紗羅，接著淡淡一笑，語氣彷彿在斥責惡作劇的頑皮孩子。

「妳在說什麼呀？我有不在場證明喔。只有丑男、國雄、美佐男三個人有辦法殺害小紬吧。」

「不對。他們三個都不是凶手。只要確實釐清凶手的條件，每個人都能得出相同的結論。當然思考的前提要正確，芽目太郎是假死，整起命案中只有小紬遭到殺害。

按照這個前提順其自然地思考，小紬遭到殺害的時間確實是二十四日的下午四點。羽琉子留在壘住宅區時就是在這個時間點脫逃，那些抓住羽琉子的大人也是在這時候聽見小紬的哀號。為羽琉子注射鎮靜劑的那名醫師會慣性記住施打時間，他的證詞算是可信。

而這個時間裡只有國雄、丑男、美佐男三個人待在校園裡。前往瘤塚必須先經過校園，所以合理懷疑是三人之中的某個人殺死了小紬。假的加峰先生也是基於相同道理解釋案情，只是犯案時間不同罷了。

但是接下來的過程就不一樣了。下午四點的時候芽目太郎其實並沒有死，所以凶手必須不驚動管理室的芽目太郎，偷偷潛入地下室殺死小紬。依照假加峰先生的推理內容認為，凶手讓芽目太郎主動打開大門，從正門進入管理所。前提是芽目太郎真的死在大門旁邊。可是真相卻是完全相反。凶手其實偷偷從後方走廊的窗戶潛入管理所，完全避開芽目太郎。」

「等一下。」女人忽然插嘴。

「有什麼問題?」

「看過工作日誌就會知道，芽目太郎總是在上午九點半和下午三點半確認門窗是否上鎖。走廊窗戶的鎖怎麼會只有這一天剛好打開，未免太剛好了。」

女人滔滔不絕地說出自己的疑問，彷彿事先已經準備這些問題。女人幾乎不會主動和周遭人們交流，她竟然這麼清楚掌握壘地區居民的性格，這讓紗羅有些意外。

「妳說的沒錯。芽目太郎有點神經質，一天至少會檢查兩次門窗，所以他不會偶然忘記鎖上窗戶。

那麼，凶手是如何打開窗戶的鎖呢?工作日誌有紀錄，二十四日下午一點總共有三名訪客。凶手就是趁這個時候偷偷打開走廊窗戶的鎖。至於這些訪客是誰，我想妳應該很清楚。」

女人咕嚕一聲，吞了口口水。

「就是來探望小紬的三個人，國雄、美佐男以及紗莉。先扣除紗莉有不在場證明，凶手只可能是剩下兩個人之一，國雄或美佐男。」

「等一下。丑男負責躲在管理所後方呀。就算鎖已經打開了，有人盯著根本進不去吧？」

「假如丑男真的一直守在窗邊監視，的確是進不去。可是丑男自己承認，他實際上曾經離開崗位。那凶手就有可能趁空檔進出管理所。因此，凶手會在二十四日下午三點時到訪管理所——這是第一個條件。

關於窗戶上鎖這點還能發現另一條線索。芽目太郎這天應該有在三點半確認管理所門窗，只是他沒寫在工作日誌裡。假如這時窗戶的鎖開著，他一定會重新上鎖。所以凶手只能在下午三點三十分之前從窗戶潛入管理所。」

「原來如此，妳或許說的沒錯。」

女人裝模作樣地大嘆一口氣。

「但是我覺得很奇怪。假設凶手在窗戶上鎖前的下午三點半之前潛入管理所，而小紬遭到殺害是下午四點。代表凶手至少在管理所某處躲了三十分鐘。管理所的確有地方可躲，像是倉庫、休息室之類，那他耗費這三十分鐘究竟在做什麼？」

「他可能是差點撞見來巡視的芽目太郎，嚇得魂飛魄散吧。」

女人漠然答道，雙眼不自然地望向窗外。雲層籠罩的天空中看不見星星，只有飛機燈光粗野地劃過明月之下。

「害怕到躲了三十分鐘？只要撐過芽目太郎巡視的時間，他至少有陣子不會從管理室出來。凶手行動力之高，我不認為他會錯過這絕佳的下手機會。」

「那他大概受傷了吧，像是跨過窗框的時候腳滑了一下。」

「不對。他如果傷勢重到三十分鐘無法動彈，行為舉止方面一定明顯有異。但是三名嫌犯都看不出這類異狀。

我思索來思索去，終於想到一個凶手無法行動的合理原因。當天是十二月二十四日，這個日期就是提示。壘地區有個習俗，會在亡者每月忌日的死亡時間，念誦壘菩薩經悼念逝者。去年一月二十四日，有一名女子在自家庭院自焚身亡。死亡時間是下午三點四十分。凶手是為了祭弔她才躲在走廊上，沒有直接前往地下室。」

「……妳是說丑男的媽媽吧？我已經忘記她的忌日了，真的是二十四日嗎？」

「不會錯的。創校紀念日是一月二十六日，丑男的母親是在紀念日的兩天前去世。凶手知道丑男母親的死亡時間，而且和丑男的母親十分親近，才會花時間祭弔——這是第二個條件。」

「可是這不就很奇怪？」

女人隨即插嘴。她已經察覺推理中藏有矛盾了。紗羅冷靜地深呼吸。

「的確很奇怪。三名嫌犯裡符合第一個條件——在二十四日下午一點到訪管理所的有兩個人，國雄和美佐男。換言之，丑男不是凶手。

然而符合第二個條件的嫌犯，卻只有丑男一個人。丑男母親過世的時候，國雄、美佐男甚至沒有去祭拜。我不認為他們會在一年後的月忌日幫她念誦壘菩薩經。

推理到這裡忽然陷入僵局。三名嫌犯沒有任何人完全符合凶手的條件。我又想不出凶手在現場多花時間的其他理由。所以我仔細思考自己的思緒為什麼會走入死胡同。」

「那當然是因為妳的推理大錯特錯呀。」

女人不屑地說。

「是，妳說的沒錯。我的推理錯了。既然這三人裡頭找不出殺死小紬的凶手，代表我的前提錯了，這三人根本不是嫌犯。

至於為什麼我會將嫌犯鎖定在這三個人之內？因為二十四日下午四點，只有這三個人待在校園裡。倘若小紬並不是死在這個時間點，就能放大嫌犯的範圍了。」

女人故作輕鬆地深了伸懶腰。自己沒猜錯，這個女人在虛張聲勢。紗羅確信自己的推理已經逼近真相了。

「小紬死亡時間的推算結果，是二十四日的下午三點到下午五點之間。然而，凶手犯案時間為何會判定為下午四點？因為壘住宅區的大人在同一時間聽見女孩子的尖叫聲。假設他們事先知道小紬死在相同時段，自然會認為是小紬發出那聲尖叫。而凶手犯案時間若不是下午四點，那聲尖叫聲就並非出自小紬。」

「妳拐彎抹角的，到底想說什麼？」

「我就單刀直入地說吧。凶手在壘住宅區故意尖叫，讓在場的人都聽見自己的叫聲，進而讓他們誤以為犯案時間是下午四點。兇手最後才在五點之前回到管理所，殺死小紬。兇手耍了一個非常老舊的詭計，刻意偽造不在場證明。」

「等等。芽目太郎會在下午三點三十分鎖上窗戶啊？兇手只能在那之前溜進管理所啊。四點的時候他怎麼可能待在壘住宅區？」

「請別混淆視聽。我是基於小紬死於下午四點，才做出前述推裡。倘若小紬死於下午四點半之後，兇手可以動用花門裡的備用鑰匙，大剌剌地溜進管理所。這附近居民都知道芽目太郎會在關園之後小睡。假設使用這個時間點為前提，下午一點的訪客就和小紬的死毫無關聯。

我想真相已經很明瞭了。下午四點到五點之間，只有丑男、國雄、美佐男、紗莉四個人有辦法溜進瘤塚管理所。其中唯一有辦法耍詭計創造不在場證明——也就是在下午四點跑去壘住宅區發出尖叫的人，就是妳。」

紗羅停頓了片刻，堅決地說道：

「兇手就是妳，**紗莉**。」

狹窄的房間充斥著沉悶與靜默。紗莉低著頭，緊閉雙脣，接著面無表情地抬起臉。

「我倒是挺佩服妳能猜到一點。」

她輕蔑地說。

「哦？哪一點？」

「動機。我的確只是想別人拚命保護的東西毀得亂七八糟。」

紗莉說著，看向房間角落。羽琉子倒在木板地板上，身上澆滿煤油。她因為鎮靜劑一動也不動，像是死了似的，身上傳來無數呼吸聲。

「剩下的我懶得聽了，浪費時間。真沒想到妳居然這麼瞧不起我。妳真的完全不會掂掂自己的斤兩耶。」

「我可不想被殺人犯這麼說。」

「妳自己還不是跟殺人犯差不多。」

「妳不擅長交際，老是躲在家裡。我只是在幫妳。」

「嗄？多管閒事。」紗莉扯了扯嘴脣：「給我長在麻煩到爆的位置，還隨便開口說話，現在居然要我感謝妳？」

「我不曾說話害過妳。」

「哼！隨便啦，妳是不是還沒解說完？好像還剩一個很大的矛盾，我就大發慈悲聽到最後好了。」

紗莉說完便站起身，拉上窗簾點亮照明，站在化妝鏡臺前方。

「也是。妳說的對，剛才的推理還有剩一處矛盾。二十四日下午四點，妳當時待在壘住宅區的H棟。妳聽到女孩尖叫聲的時候，林老師和那群年輕人都跟妳在一起。再加上妳當時還脫掉遮咳口罩。如果當時是妳自己放聲尖叫，一旁的居民應該不覺得是小紬發出叫聲，而是妳發了瘋在亂叫。

那麼妳是怎麼讓周遭的人誤以為那是小紬的叫聲？其實這也算不上什麼詭計。妳只是閉著嘴，用力咬了舌頭。我當時不小心發出叫聲。旁人雖然聽見叫聲，妳卻緊閉嘴巴。他們又不知道妳是人瘤病患者，自然會以為是別處傳來的叫聲。」

紗莉隔著鏡子狠瞪紗羅，接著百般無趣地吐了口氣，從抽屜拿出一隻紅色髮夾。

「那個叫三宅的學者，他的腦瘤好像也是長在舌頭上。妳比那傢伙更聰明呢。」

「當然了，請別拿我和其他腦瘤相提並論。」

「幸好妳是長在舌頭上，這樣閉上嘴就能藏起來。萬一不小心聽見有人咳嗽，只要閉上嘴、捲起舌頭，咳嗽反應就不會發作。一般來說總是會被家人發現，不過我媽媽早就失明了。運氣真得很不錯。」

「那我勸妳最好把那根髮夾收回去。以防萬一，我先提醒妳，戳破我只會增加更多腦瘤。」

紗莉盯著鏡子，瞪大雙眼，接著捧腹大笑。

「我當然知道。妳真的很看不起我耶。我是不打算殺妳，但也不打算讓妳活得好好的。區區一個怪物囂張什麼，我要處罰妳。」

紗莉面不改色地握緊髮夾，雙脣張大，用髮夾猛刺舌頭上浮現的眼珠子。和壘住宅區一模一樣的慘叫聲，頓時響徹整間房間。

平時隔著不織布口罩看見的世界，頓時變得鮮紅又扭曲。

「晚安，腦瘤（紗羅）。」

耳邊傳來異常冰冷的話語。

●●●

加峰在羽良原休息站抽了根菸，口袋裡的手機忽然響起電子鈴聲。他看向手機螢幕，來電者顯示一排陌生的號碼。

柵欄另一頭的馬路有汽車接二連三呼嘯而過。他不耐煩地按下通話鍵。

「加峰先生嗎？我有急事要聯絡你，所以請護理師提供你的電話號碼。」

金田警官的聲音異常走調。

「該說的都說完了吧。還能有什麼事？」

「負責偵辦住商大樓火災的警官送來了報告，但是內容實在令人難以置信。我想再跟你談一談，可以麻煩你先回海晴一趟嗎？」

「幹什麼扭扭捏捏的，有話就直說啊。」

加峰嘖了一聲。金田警官沉默了大約十秒，緩緩說道：

「請你冷靜聽我說。警方請科學警察研究所進行ＤＮＡ鑑定，方便調查那名在迂遠寺通路上燒死的人瘤病患者來歷。就是那名巨大無比的人瘤病患者，我們原本以為她是按摩小姐小鈴，但是鑑定結果發現——」

他聽見吞唾沫的聲音。

「**她和你有血緣關係**。」

手機從掌心滑落。

自己從櫸樹之間望去，見到那名熊熊燃燒的龐大人瘤病患者。那副身影鮮明地浮現在腦海中。

小鈴和自己是親戚？小鈴是岡山人，自己則是在宮城長大，怎麼可能會有血緣關係。燒死在迂遠寺通的那名人瘤病患者並不是小鈴。

有可能發生這種事？加峰自問自答，接著察覺了一絲可能性。

一年半前，仁太剛進店裡的時候。當時大樓正在進行耐震工程，加峰曾讓小鈴暫住「Heartful 永町」的三〇七號房。菜緒和小鈴一樣，都讓腦瘤擠爛了臉孔，外型也非常相像。當時仁太差點帶錯人，自己還因此大發脾氣。

當時加峰是看到手環掛牌，才驚覺兩人搞混了。然而，假如手環事先就被掉包了？加峰真的有辦法認出兩人誰是誰？

心臟猛地敲打胸口，發出巨響。

加峰不知不覺越過柵欄，站在馬路中央。一輛油罐車伴隨著煞車聲，逐漸逼近眼前。身後傳來男人的喊叫。然而加峰的腳卻彷彿生了根似的，一動也不動。

加峰回想一下，他眼前早就出現唯一的線索。自己在「Heartful 永町」愛撫菜緒的乳房時，乳頭流出母乳。他一直很疑惑，菜緒從未懷孕，為何會分泌那麼大量的母乳？小鈴至少懷孕過一次，這樣就解釋得通了。兩人的確交換了身分。

自己為什麼沒發現？他心中對於菜緒的情愛，全都只是虛幻、錯覺？

——救救我，有人要殺我。

耳朵深處傳來菜緒的呼喊。

為什麼自從二十四日那晚之後，菜緒再也沒出現在夢中？他現在終於察覺了原因。

逆思流

晚安人面瘡

（原名：おやすみ人面瘡）

作者／白井智之　譯者／堤風
執行長／陳君平　榮譽發行人／黃鎮隆
協理／洪琇菁　國際版權／高子甯、賴瑜妗
總編輯／陳昭燕　美術主編／李政儀
發行／英屬蓋曼群島商家庭傳媒股份有限公司城邦分公司　尖端出版
台北市南港區昆陽街十六號八樓
電話：（〇二）二五〇〇—七六〇〇（代表號）
傳真：（〇二）二五〇〇—一九七九
中彰投以北經銷（含宜花東）／楨彥有限公司
電話：（〇二）八九一九—三三六九
傳真：（〇二）八九一四—五五二四
雲嘉經銷／威信圖書有限公司　嘉義公司
電話：（〇五）二三三—三八五二
傳真：（〇五）二三三—三八六三
客服專線：〇八〇〇—〇二八—〇二八
南部經銷／威信圖書有限公司　高雄公司
電話：（〇七）三七三—〇〇七九
傳真：（〇七）三七三—〇〇八七
香港總經銷／城邦（香港）出版集團有限公司
香港灣仔駱克道193號東超商業中心1樓
電話：（八五二）二五〇八—六二三一
傳真：（八五二）二五七八—九三三七
E-mail：hkcite@biznetvigator.com
馬新經銷／城邦（馬新）出版集團　Cite(M)Sdn.Bhd.
E-mail：Cite@cite.com.my
法律顧問／王子文律師　元禾法律事務所
台北市羅斯福路三段三十七號十五樓
二〇二〇年十二月一版一刷
二〇二四年五月一版六刷

■中文版■

郵購注意事項：
1. 填妥劃撥單資料：帳號：50003021戶名：英屬蓋曼群島商家庭傳媒(股)公司城邦分公司。2. 通信欄內註明訂購書名與冊數。3. 劃撥金額低於500元，請加附掛號郵資50元。如劃撥日起 10～14日，仍未收到書時，請洽劃撥組。劃撥專線TEL：(03) 312-4212 ・ FAX：(03) 322-4621。E-mail：marketing@spp.com.tw

國家圖書館出版品預行編目資料

晚安人面瘡 / 白井智之 著 ; 堤風譯 . --初版.
--臺北市：尖端出版, 2020.12
面 ; 公分. --(逆思流)
譯自: おやすみ人面瘡
ISBN 978-957-10-9237-9(平裝)

861.57　　109015606